U0729752

寻找唯一的真相

现代推理馆 | 有栖川有栖

菩提树庄园事件簿

［日］**有栖川有栖** 著

李翔华 译

中国出版集团　现代出版社

目录

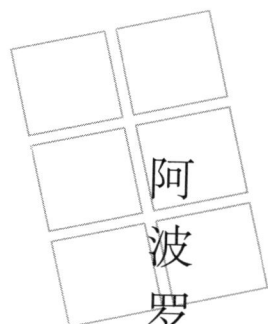

阿波罗之刃

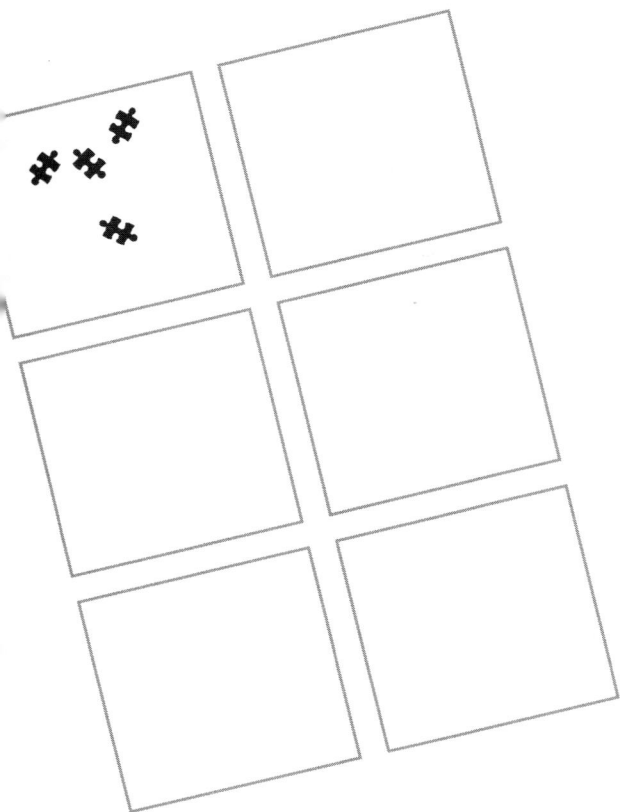

1

这一天，我很晚才吃午饭，然后一边喝着咖啡，一边打开电脑开始查阅邮件。我删掉了五封毫无兴趣阅读的广告邮件后，只留下了两封。其中一封是小说杂志社的问卷调查，另一封则是平素对我照顾有加的编辑发来的。

有栖川有栖先生：

　　按照约定，我们今晚7点店里见。期待与您会面。

珀友社片桐光雄

我回复了邮件，然后关上了电脑。接着，我拿起吉川英治的《三国志》第四卷，躺在沙发上读了起来。这一卷讲述的是诸葛亮的事情。

如果就这样一直待在家里，估计连第六卷也能读完。但是，如果和片桐见面，我们会去酒馆喝到大半夜吧。那么，今天读完第五卷可能刚刚好。

我翻开夹着书签的那一页，酣畅地读下去。在秋日的午后时光里，能像这样心无旁骛地阅读，我感到十分惬意。虽然此刻我身处市中心的公寓里，却感觉像在顶级度假区休假一样。我不是一个喜欢奢侈的人，但尽情地阅读却是我一直想要做的事情。

进入 11 月，工作暂时告一段落。多亏我粗心大意地把短篇小说的交稿日期记错而提前了一个月（幸亏没有记错，不然我就死定了），这让我有了一段意料之外的空闲时间。我便利用这个难得的机会，实施酝酿已久的计划。

写小说是把自己头脑里浮现的东西或者是积累的养分加工成作品的一个过程。全神贯注地进行写作时，就会感到"书到用时方恨少"。只要是搞创作的人，相信都会有同样的感受——为了不断地输出，必须时常充电。

可能是自己肚子里的墨水不多的缘故吧，我常常感到忐忑不安："再这样写下去的话，我肯定会营养不良。"如果再不接触新事物、获取新知识，我所储备的材料资源将会枯竭。当然，不光要看与自身专业相关的推理小说，也要大量涉猎其他方面的优秀作品来充实自己，将其化为自身的血肉。为此，我买了不下一百本书，但都还没来得及读。

我想借此机会把那些没碰过的书山削减掉一部分，这个月便被我定为阅读强化月。月初的前十天，为了专心读书以便加快进度，我决定不与外界联系——不打开电视机，不上网，也不看报纸。只有这样，我才能安心地阅读平时没有时间看的书。不然，我永远也不会翻阅买来的书。我把这个计划称为"信息封锁计划"，到目前为止，已实施了五天。

在这期间，我涉猎了各种书籍：黑岩泪香的作品，已读过一部分的约翰·迪克森·卡尔的推理小说，以及历史小说、纪实文学作品、随笔、思想理论书籍等。昨天早上，我开始看吉川英治版的《三国志》。对大部分人来说再熟悉不过的《三国志》我却从来没有读过，这也有点儿太说不过去了。起码吉川版的要看一下。于是，我才下定决心一口气地读了下去。

埋头苦读了两个多小时后，我去附近散了散步，回来又继续读了两个多小时。

* * *

过了戎桥，沿着宗右卫门街的方向走去，走到差不多街道中间的时候向左拐，就到了一栋杂居楼，一楼有一家料理店。我掀开门帘后，看到片桐正在脱鞋——按照约定，我们都在 7 点整准时到了这里。包间面积大约有四张半榻榻米①的样子。入座后

---

① 在日本，典型房间的面积是用榻榻米的块数来计算的。一张传统榻榻米的尺寸是宽 90 厘米，长 180 厘米，厚 5 厘米，面积 1.62 平方米。传统的商店店堂设计为五张半（8.91 平方米），茶室通常是四张半（7.29 平方米）。

我们各自先干了一杯啤酒。

"您说的'封锁'是怎么一回事呀？"

片桐瞪大双眼问道。他说话时经常带着这样一副表情。

"感觉非常妙，读书的节奏特别快。"

"啊，真羡慕哇！您就趁这大好的秋日时光好好地读书充电吧。期待您的新作。"

接下来我要写的作品将由片桐负责，由珀友社出版。

"可是您完全不看电视，不上网，难道没有空虚感吗？连报纸也不看吧？都不知道这世上发生了什么，这样好吗？"

"没关系，那些政治家的政治闹剧和充满杀气的恐怖案件不了解也罢。两耳不闻窗外事，可以让心静下来。不过，这才到第五天，如果真坚持一个月，不知道我是不是也会有浦岛太郎的心境。"

"不过，封锁计划要是在职业棒球赛季进行，就比较困难了，您就看不成阪神老虎队的比赛了。"

"要是遇到这种情况，那我就把阪神老虎队当作出岛^①。"

片桐嗤笑着，用筷子夹了拼盘上的一片生鱼片。

"有栖川有栖先生，我看您已经变成浦岛太郎了。昨天刚好有一桩大案发生，全日本都为之轰动。"

我原本想淡定地与他谈话，不过听他这么一说，不由得非常

---

① 出岛是日本江户时代幕府执行锁国政策时期唯一对外开放的人工岛。在此比喻有栖川有栖先生在他封锁外界信息期间对棒球赛季予以特殊对待。

好奇。

"你说的是震动政坛的丑闻还是犯罪事件哪？"

"是火村先生的专业领域。"

片桐干脆利落地提到了我朋友的名字。火村常常出入于各种杀人事件的现场，如名侦探一般利用其高超的推理能力协助警方调查案件，为抓捕罪犯做了很多贡献。片桐对社会犯罪学家火村英生有着非同寻常的兴趣，原本想找个机会请他写书，但几次都被在英都大学担任副教授的火村断然拒绝了。这个愿望眼下似乎也难以实现。

"究竟在哪儿出了什么事呀？"

"在东京市内发生了马路杀人事件。两人被杀，一人受重伤。第一名被害人是在上个月月初被发现的，第二名被害人是在五天前被发现的，第三名被害人是在三天前。"

因为是在我封锁信息之前发生的事情，所以第一起杀人事件我略有耳闻——一名在武藏野市打工的女高中生在回家途中被杀，当时被认为是马路歹徒干的。尽管我还没有仔细看报纸，但是报纸头版上的标题曾映入眼帘。这样说来，印象里两三天前似乎还看到过印有"马路歹徒杀人"等大字标题的印刷品。

"这名歹徒在五天前还杀死了一名男高中生，三天前又刺伤了一名女高中生。第三个被害人捡回一条命，这才得以说出凶手的特点。据说被害人提供的证词恰好与警方曾经关注过的某人情况相吻合。"

"哦，那抓到凶手了吧？"

比目鱼和红甘都非常好吃，吃生鱼片看来还是得应季吃。

"不过凶手逃跑了。他察觉到警方调查的步伐正在向他逼近，于是狡猾地脱逃了，到现在都没有逮到他。"

马路连环杀人事件的凶手行踪不明，这在社会上引发了轩然大波。不过，仅凭这桩事就让全日本为之轰动，是不是有些太夸张啦？

"若是这样，逮捕犯人不就是迟早的事情吗？应该通缉犯人吧？"

"是的，不过完全不能指望市民举报了，因为犯人的照片和姓名均未被公开。"

"什么呀？通缉他不就行了吗……"

哪有这么古怪的事情啊？不过看来也并非离谱，因为凶手是未成年人。

"犯罪嫌疑人才十七岁呢。"

"……是高中生吗？"

"凶手是东京都立高中二年级的男生。好像由于家庭环境比较复杂，所以经常逃学。这名少年的房间里收藏着各式各样的刀，有迹象表明，其中的几把被他带出去过。"

如果是这样，舆论哗然也并非无理。即便年少，他也是一名危险人物，公众当然有理由要求公开他的姓名和照片。

"网上尽是要求公开凶手照片和姓名的呼吁。还有一些人嚷嚷道：'可以暂时不公开犯罪嫌疑人的名字，不过为了凶手的同学以及周围居民的安全起见，至少要公布犯人的照片。'大多是一些唯恐天下不乱的人在瞎起哄，我不觉得这是很认真地在提建议。

"那小孩儿会不会突然从马路对面冒出来，给路上的行人来一刀？也有人不安地联想到这一点。

"被逼急了的话，谁能预料他会做出什么事情来呢？虽然我们认为他会被警察抓住……不过，毕竟他是带刀逃亡，这点不得不让人感到担心。"

我突然觉得啤酒的味道变得特别苦涩。

"他已经捅了三个人，而且被害人和凶手一样，都是高中生。他这样做的动机是什么？"

我这样嘀咕着，片桐听了轻叹一声。

"凶手在逃亡前，给自己最信赖的儿时玩伴打了个电话，告诉对方自己就是马路杀人案的凶手。朋友质问他为什么要那样做。他这样回答：'虽然我不知道被我捅的人都是谁，但我一看到别人很快乐的样子，就特别生气。'这句话听着是不是让人很不舒服？"

我不知道这话有几分是真，几分是假，连凶手本人可能也无法解释。我十来岁的时候，也曾经是个厌恶一切的愤怒少年。即便是这样，我也从没有过以伤害他人来发泄心头怒气的念头。不过，与这种只隔了一层窗户纸的危险想法擦肩而过的时候也不是完全没有。去袭击看起来幸福快乐的同龄人这种做法，令我感到痛心不已。

"他是什么时候逃走的？"

"是在昨天早上，他背着帆布背包从二楼的房间逃了出去。舆论对警察没有做到严加监控的疏漏大加谴责，因为这不仅对社会造成了影响，也有损犯罪少年自身的安全。"

"没有捕捉到他的蛛丝马迹吗？"

"是的，一无所获。目前只是推测凶手可能逃往了自己比较熟悉的地方。范围锁定在凶手父母的故乡——山形和名古屋。其次，凶手在大阪和神户上过小学，所以逃窜到关西地区的可能性也很大。此外就是北海道了。因为凶手曾说过想去北海道看一看。"

难道是因为本案涉及范围广所以轰动了全日本？我刚要这么理解，但是又好像并非如此。

"关于这个少年还有另外一种传言——据说他长得特别帅，是个美少年。相关人士证明说他长得就像太阳神阿波罗那么美。"

这个比喻听起来有些抽象，可能是长得有点儿像西方人吧。

"他生有一副雕像般的面孔，浓眉大眼，五官端正。不过我也没见过，是周刊编辑部的一个人看过凶手的同学提供的照片，从照片来看确实有这种感觉。"

是因为他的长相激发了大家的好奇心，才引发的轩然大波吗？如果大家关心这起杀人案不是因为担忧而是觉得好玩，这岂不是很无聊？幸好我正处于信息封锁的状态中。

"在网上，凶手更是被大家称为'阿波罗'或'砍杀王子'，甚至有些人自称是他的拥护者。还有一些好心的姐姐说'逃到我家里来吧，我会替你保密的'。真是什么样的人都有。"

"有病吧。"

"不是，现在流行的是装病，不过这本身就是一种病。"

我放下筷子，陷入沉思。片桐见状诧异地问道："有栖川有栖先生，您怎么啦？"

"那个少年逃走时穿的是什么衣服，有被公开吗？"

"由于是在黎明悄悄从家里逃出去的，所以不太清楚。而且他在出门时还带了几件替换的衣服，因此更没法判断他到底穿的是哪件。他逃跑时背着苔绿色的帆布背包，穿着锐步运动鞋……怎么啦？"

不会吧，不会这么巧吧？我这样想着，开口说道："就在三个小时前，在我家附近遇见了一个长得像阿波罗一样的美少年，年龄估计在十五到二十岁之间吧，他也背着一个苔绿色的背包。"

大阪也被列为少年的逃窜目的地之一。会这么巧吗？我不能沉默了，就说了出来。

片桐并不诧异，而是给我斟满啤酒。

"如果确实是他，那真是中头彩了。据说'阿波罗'举止稳重，看起来比实际年龄老成，这也是被同学们疏远的原因呢。要报警吗？虽然不知道现在他在哪里……"

"不用了吧，我可不确定，只不过就是偶然间遇见了长得像阿波罗似的美少年而已。"

"确实，也没与照片对比过，的确没有必要报警。不过，也有打110报警的。据说不断有人给警方打来电话，称其看见了和那位少年很像的男孩儿。阿波罗的幻影一天之内从北海道扩散到了冲绳，同时在其他地方也有出现，这也给全国各地善良的美少年们带来了不少困扰。我要是比现在年轻十五岁，估计也会跟着倒大霉。"

我差点儿没把啤酒喷到他脸上。

"嗯，还会有这种灾难吗？"

"如果有报案的话，可能我们的心情会愉快些。"

我们觉得拿少年马路杀人案当作下酒菜有些内疚，就停止杂谈，开始谈工作。

走出料理店，路面已变得湿滑。吃饭的时候好像下了一场雨。出门时，我没有带雨伞，幸好这会儿雨停了。

我们换了一家店继续畅饮，一直喝到午夜 12 点多才互相道别。坐出租车回家的路上，我听到车里的收音机正在播放有关案件的新闻，内容还是聚焦在少年依旧渺无踪影这一点上。

2

因为和片桐会面期间一直在交谈，我感到很疲倦，那天晚上回来后连书都懒得看，就直接躺到了床上。

我想看看那些旧报纸都是如何报道马路杀人案的，却又不想这么轻易地打破信息封锁的状态。我心中暗忖：即便眼下强忍着，也许明天我就会翻开早报。带着这种预感，我酣然入梦。

次日清晨——

8 点起床后，我煎了一个火腿鸡蛋，搭配吐司和咖啡吃了早餐，然后去房门上的报纸信箱投递口抽取了早报。正当我犹豫要不要翻开看的时候，最外面的一行大字标题映入眼帘。

"八尾女高中生遇刺身亡。"

我扑通一声坐到餐厅的椅子上，大致浏览了一番。昨天夜里，在精品店打工的一名十六岁女高中生，在下班回家的路上，被人刺中咽喉。孩子到很晚还没回家，忧心忡忡的家人开始四处寻找，午夜12点以后在一处空地发现了女孩儿的遗体。

我稍微松懈了一下信息封锁计划，就立刻出现这种恶性新闻，虽然不是报纸的错，却让我反感不已。

报道中公布了遇害者生前的照片，照片中的长发少女虽然给人稍稍好胜的印象，却生有一副可爱的脸庞，正眯着双眼微笑着。她的名字叫尾木紫苑，可惜已经香消玉殒了。虽然不知道她遇到过什么事情，但年仅十六岁就遭此横祸，让人为之唏嘘不已。

同样的消息也占据了报纸的社会版面。因为是昨天深夜刚发生的事情，还没有身边人对此做出任何评论，相关的信息也比较少。这篇报道的旁边就是有关逃亡少年的报道：少年A在逃中，依旧下落不明。媒体恐怕并非有意为之，但这样的布局似乎在暗示这两起案件之间有某种关联。

大阪被列入少年A的逃亡目的地之一，他在大阪府八尾市现身，却不收敛，再次行凶作案，有这种可能性吗？难以想象在警察不遗余力的追捕中，他还能做出如此愚蠢的事，我浮想联翩起来。被害人是高中生，凶器又是利刃，发生在大阪府八尾市的杀人案有可能也是少年A所为。

现在10点多了，如果打开电视机，早间栏目应该会谈论这起案件吧？虽然想看，还是打消了这个念头，我可不能这么轻易地取消信息封锁计划。

但是我的坚持很快就被一个来电动摇了。

"您起床了吗，有栖川有栖先生？"

打来电话的是大阪府警搜查一科船曳属下的鲛山警部补。听说我早就起床了，警部补这才安下心来。

"我还担心这会儿您仍在休息呢，要是那样的话，就太不好意思了。给您打电话没别的事情，八尾市女高中生被杀的案子，您有了解吗？"

"是的，在报纸上看到了。"

"我们这次邀请火村先生亲自出马，火村先生即将到达现场。如果可以的话，希望有栖川先生也能到场。"

犯罪社会学者难道已经把目标瞄向研究领域了吗？我作为"临床犯罪学家"的助手，偶尔也会受邀参加这类案件的侦破，这也不是什么让人惊讶的事情。不过这次，我还没有做好心理准备。因为我还在信息封锁期间，心态尚处在与世隔绝的状态中。

"……没问题，如果我可以去的话。"

"听说您只有一点儿时间，不用勉强。"

我让鲛山费心了。

"没关系……我可以问一个问题吗？"

"您请讲。"

"在东京都不是接连发生了高中生被袭事件嘛，而且凶手也是高中生……"

"正在通缉呢。您是想问这两起案件是否有关联吗？如果是这个问题，那便无可奉告。如果公众知道逃犯出现在大阪，可能会引发轩然大波。"

或许轩然大波已经开始了。一贯说话沉着冷静的鲛山，声音中却带着一丝焦虑不安。他是对这名麻烦人物意外地远征前来大阪感到气愤吗？如果全日本有关此事的传闻汇拢起来，就会为案件调查总部徒增压力。船曳警部补没准儿已经因受刺激而开始发奋了。

"您只看了早报吗？"

"是的，我的消息来源只有早报上的报道。"

"电视上也有报道，您没看电视上的报道吗？"

我不知道他是什么意思。

"就在昨天晚上，又有一个人遇害。这次是十八岁的男高中生。和上次一样，咽喉被刺身亡，今天早上才发现的。"

我深受冲击，在感到恐慌的同时又愤慨不已，绝不能原谅如此残暴的行为。

"现在还无法判断是否是同一人所为。但是根据验尸结果来看，伤口极其相似。附近的中小学都临时停课了，连高中生都没有一个人在大街上走的。"

怎么能让嗜血的凶器如此肆意妄为地挥舞？必须尽快阻止案件继续发生，我虽然不是警察，但作为一名成年人，却也有这种觉悟。

"女高中生被杀的第一现场离最近的车站走路有十分钟的距离。地方比较好找，能拜托您来现场吗？我口头告诉您路线。"

我记下了路线，并重复了一遍。虽然从来没去过那个地方，但应该不会迷路。"那待会儿见。"我挂断了电话。

在准备出门的时候，昨天遇到的那名少年的脸庞一直在我的脑海里浮现。

接完电话一个小时后，我抵达了离事发地最近的车站。出站的时候，我给鲛山警部补打了个电话，听到他说"火村先生正在勘查现场"，我便加快了步伐。

车站前面除了一家便利店还有两家餐饮店，似乎两家都是酒馆，店门紧闭着。好像过了晚上9点就门庭冷落了。

我按照鲛山警部补告诉过我的路线过了红绿灯路口向东走去。在秋日的天空下，横亘在前方的是生驹的连绵山脉，一直延伸到郊外。从国道进入岔路口后，一片片田野便映入眼帘。

柏油路上有些地段路况不佳，路面上形成了很大的水洼。卡车经过时，水花四溅。我急忙避开，却差点儿掉进田地旁的水沟里。

虽说这里是从打工地点回家的必经路段，但也是一条绝不能让一名十六岁的少女在夜晚独自行走的道路。如果我是她父亲，我一定会开车到车站去接她。也许家里有特殊情况，所以她父亲才没有出来接她吧。

再拐进一条窄路，稍走了一段后就看到了一个蓝色警戒圈，附近停了几辆警车，还看到了穿制服的警官，那里应该就是第一现场了。

年轻的森下警官看到我，悄悄地向我招手。他今天又穿了阿玛尼的西装。我紧随其后，进入警戒圈内。

"有栖川先生来了。"

听到森下的声音，有几个人迅速转过身来。警戒圈内是不到两百平方米的空地，长满了稀疏的杂草。空地上还立着写有"待售地"和"此处禁止倾倒垃圾，如果非法乱扔，将报警"字样的告示牌。虽然没有见到被丢弃的大型垃圾，但还是能看到散乱的空罐子。扔垃圾的人固然有错，但土地所有者似乎也无心清理，想必这里保持空地状态已经很长时间了吧。

"让您特地前来，真是不好意思呀！"

鲛山警部补走过来，声音洪亮地说道。他戴着一副合适的眼镜，看起来就像一位严谨的大学教授。如果有人介绍说鲛山警部补是在商学院教市场营销学的，没准儿也会有人相信呢。

过了一会儿，火村露面了。他两手插进夹克兜里，用力点了一下头，简单地打了个招呼："你来了。"

我问道："需要勘查的地方都看过了吗？"他又点了点头。

"嗯，虽说都看过了，不过都没有什么太大价值。遗体早就被运出去了，加上下过雨，地上也没留下脚印。也没有发现凶器或其他遗物。我正打算去第二现场呢。"

空地上没有栅栏，遗体横躺在距离道路一米多远的草丛里。这附近由于没有路灯，晚上也不会被行人发现，只有家人搜寻被害人时才找到了这里。

"还不清楚被害人是在路上遇袭的，还是往空地逃跑时遇刺的。还有一种可能是在路上遇刺以后，踉踉跄跄地走到这里倒下的。不管怎么说，因为下雨，血迹已经被冲走了。"

鲛山这样说道。

"会不会是从远处拖过来的呢？"

"没有这种迹象。要么是在这里遇刺的，要么是在路上被捅死后被拖到这里的。从藏尸的方式来分析，未免也太随意了吧。我估计犯人没有打算刻意地藏匿尸体，只是不想把尸体直接扔在大街上。"

只有咽喉部位有伤痕，凶手是从右向左挥刀，由此可以判定他习惯用右手。

"被害人的死因是大出血后休克死亡。因为是从正面遇袭的，凶手的身上很有可能被喷溅到了血迹。我们正全力以赴地向附近的居民打听线索。"

我想知道这起凶杀案是否也是那名少年所为。虽然知道自己有些性急，但还是向警部补问了一下情况。

"被害人，嗯——那个叫尾木紫苑的女孩儿，是不是得罪过什么人哪？还是马路杀人狂不分青红皂白地滥杀无辜？"

"因为调查才刚刚开始，我们还无法对事件定性。"

说的也是呀——我刚这么一想，鲛山扶了一下眼镜，竟说出了让人意外的一番话。

"正如电话里所说，今天早上发现了一名男高中生的尸体。事发现场在距离这里有一千五百米远的东北方向的公园内，被害人同样是喉部被刺、出血过量致死，名字叫座间剑介，十八岁。这个男孩儿和尾木紫苑认识，好像两人之间的关系还挺好的，他们的手机里互相存了对方的电话号码。"

"是男女朋友的关系吗？"

"这一点正在确认中。晚上 11 点 41 分的时候，座间剑介给尾木紫苑发了一封邮件，内容只有一句'对不起'。"

不知道这代表的是什么意思。

形势发生了变化。若是两个被害人之间有关联，那就可能不是滥杀无辜事件。

"这起案件与东京的案子有很多相似之处，遇害人都是高中生，都是被刃长七八厘米的餐具刀一样的凶器割断咽喉。这些都与那起事件有共通之处。"警部补不愉快地说道。

"真是砍杀王子呀！"听我这么一说，火村露出厌烦的神情。

"还是不要这么叫了吧，这玩笑也开得太过分了吧？"

"那可以叫阿波罗吗？"

"这个叫法好一点儿，不过两个都差不多。"

副教授阴沉着脸，向警部补询问起来："那起事件，问过警视厅吗？"

"是的，警视厅的人好像对此也感兴趣。他们回头会提供有关逃窜中的 Sakamata Kiyone 的详细情况。"

这下我听到了对媒体隐瞒的少年的全名，好像应该写作"坂亦清音"。可能是我先入为主的缘故，这名字听着有些特别，"Sakamata Kiyone"这个发音在我的脑海里回荡着。

我很想看看在逃少年的照片，想知道昨天和我有过交谈的那名少年是否就是逃犯。

"这里要是看得差不多了，咱们这就去第二现场吧。"

在鲛山警部补的指引下，我们上了警车。一千五百米的距离其实步行就可以很快抵达，但我们还是坐上了森下驾驶的汽车。

第二现场也用蓝色警戒带围了起来，面积有三十平方米左右，由于环境不太好，感觉很萧条。尽管如此，平时这里应该也有小孩儿过来玩耍，但今天只有调查人员。

蓝带内有一个形状复杂的红色游戏器械，小朋友可以从四面爬上来玩耍——玩滑梯、玩贯穿中央的钻隧道游戏。座间剑介好像是在这个游戏器械的后面断了气。

"他应该是在公园里被害的，位置估计就是这儿，地面上还有血迹呢。"

现在现场已然全是调查人员的足迹了，不过发现尸体时，据说没有发现嫌犯的脚印，果然当天是在雨中作案。

"推算死亡时间，尾木紫苑是在昨天夜里9点到10点，座间剑介是10点到12点。也就是说尾木先被杀害。"

火村弯下腰，在尸体周边四处勘查，但是也没发现什么线索。

已面目全非的座间是被一位出来遛狗的五十岁上下的男子发现的。当时由于没拿手机，他跑到距离案发现场约二百米远的公共电话亭报了警。他是国道旁边一家便利店的老板，派出所的巡警赶到时，看到他一手牵着爱犬，另一只手拿着清理狗狗大便时用的小铲子，正神情恍惚地木然呆立。

"两起案件之间能有一个小时的时间间隔吧？"火村凝视着地面询问道。

"是的，根据尸检结果，尾木紫苑死后没过多久就被发现了，推算死亡时间也是在这个范围内。座间剑介的尸体发现较晚，而且淋了雨，即便如此，死亡时间不会比 10 点更早，也不会晚于 12 点。"

究竟是什么人为了什么事而杀害了这两名年轻人呢？没有任何头绪，清楚的只有被害的顺序。

3

看完两个案发现场，我们去了临时特别调查本部，那里是位于国道 2 号线对面的八尾警察署。

我们正在浏览尸体照片和翻阅验尸报告时，船曳警部也来了。他是一位秃头锃亮、大腹便便、穿着背带裤，走到哪里都特别显眼的人物。"你好，你好。"他的到来打破了这里沉闷的氛围。

"刚刚和本部一科的科长通过电话。据说来了好多媒体，热闹得不得了。上午，从八尾机场飞来几架直升机在案发现场上空盘旋。居民们纷纷打来抗议电话，要求飞机别再飞了，真让人难以招架呀。当然，比起直升机的噪声，更让居民们苦恼的是滥杀无辜的杀人犯尚在外逃中。"

媒体蜂拥而至导致居民心生恐惧是无法避免的。与此相比，警部却在为其他事情而发愁。

"有人担心马路杀人少年会不会从东京跑到这里来。让人恼火的是，有自称是'阿波罗'拥护者的傻瓜，也到这里来了。甚至有的家伙还向身着制服的巡警询问在哪里能见到他。如果知道他在哪儿，我们早就抓住他了吧。"

警部一边发着牢骚，一边拿起桌上的信封，从里面抽出一张纸。

"嗯，我承认他确实长得不错，用近来的流行语形容就是'他是个帅哥'。"

"警方会公布照片吗？"火村问道。

"不会。我们也强烈要求媒体不能公布。"

有很多人正垂涎三尺地想看到这张照片，这是坂亦清音的彩色复印证件照。原来就是他呀！我凝视着照片中的人。

这是一张半身像，照片里的人身着白色T恤，面无表情，正装模作样地面朝相机。

不知是谁，连坂亦长什么样都不知道，就给他起了"阿波罗"这个名字，却也称得上是这名离经叛道的少年的贴切绰号。他有着雕塑般的面庞——五官端正，浓密的眉毛看起来威风凛凛，深邃的双眸有着摄人心魄的力量，紧闭的双唇让他看起来气度非凡。总之，这是一副引人注目的面孔。他的鬈发是天生的自然卷吧。

他无可挑剔的相貌让人觉得不可思议——人类的面孔能长到如此程度吗？单从这一点来看，并不能断言他一定就有魅力。五官如此端正，甚至还有些抽象感，却并没有传达出他的人格特征。

我凝视着照片，暗自嘀咕着。也许是我看得太入神了吧，火村觉得有些奇怪。

"怎么啦？你看这张脸觉得眼熟？"

"好像……是另外一个人。总有些相似的感觉，但十有八九不是同一个人。"

"你说像，是和谁像？"

于是，我把昨天下午散步时邂逅了一名少年的事情说给他们听。那个男孩儿是个美少年，称他为"阿波罗"也并不为过。他背着苔绿色的帆布背包，看起来像是正在旅行途中。他就是坂亦清音吗？我一直在牵挂着这件事。

待我说完后，船曳警部问道："这张照片好像很准确地展示出了坂亦的特征。您觉得像本人吗？"

"不能百分之百地肯定，但也有可能就是他本人。"我不能肯定的理由之一是，昨天的少年头戴一顶宽檐帽子，一直遮盖到眉毛，所以无法判断他的发型。

另外，虽然有过交流，却只有短短的两三分钟，并没有仔细留意对方的长相。在我的印象中，只觉得对方是个美少年，而长相究竟如何则已经记不清了。

"是这样啊？近来人们对街上的美少年都格外关注，可能是有栖川先生想多了。"

警部如此断言，有可能是因为我的回答听起来太离谱了。

"那个男孩儿是什么情况？他都说了什么？"

火村似乎也不怎么感兴趣，但为了以防万一便多问了一句。

"没有什么特别之处。在一如往日的午后，我在那里看到他正无所事事地闲逛，我以为他是一名有着孩子气的大学生。他的帆布背包里好像装满了东西，口音也不是关西腔，感觉他是来旅游的大学生吧。"

我平时散步的路线有好几条，途中常常顺便去四天王寺歇一会儿。昨天也在那里的休息室喝了果汁，然后悠闲地漫步到六时堂前的龟池。

那里有一座用石头搭建的横跨龟池中央的舞台，正在为纪念4月22日的圣德太子忌辰而表演祭神舞乐。

在被石制舞台分成两部分的左侧池塘旁边，伫立着一名背帆布背包的少年，静静地凝视着池塘。在离他稍远处，我也在凝望着四天王寺的吉祥物。池塘里的乌龟有的在努力划水，有的爬上池中央小岛的斜坡上晒太阳。看着眼前的风景，心情也变得平和起来。两只貌似母子的乌龟叠在一起，那样子实在是太有趣了，笑得我脸颊都变得松弛了。

背帆布背包的少年拿出钱包数零钱，手一哆嗦，一枚一百日元的硬币掉在地上，滚落到我这边来，不幸落到了水洼里。我捡起来，用手帕擦了擦后递给他。

当时我是因为自己的手脏了才掏出手帕，把他的百元硬币擦干净只是顺便而已。可能觉得我的举止彬彬有礼，少年深鞠一躬，说了声"谢谢"。

"乌龟真是好可爱呀！"

他的说话音调是标准语。我问他是第一次来这里吗，少年面朝池塘点了点头。

"要是人类也有甲壳该多好哇。如果有觉得烦躁的事情，就可以把头和四肢缩进甲壳里去了。"

他的声音并不阴沉，甚至可以说是非常欢快的。

"你的行李真大呀。"听我如此一说，他仿佛如梦初醒，急忙把行李放了下来。他应该是一个正在穷游的大学生，但看起来像高中生。

"您是住在这附近吗？"大概他看我一身轻便，就如此推测吧。

"在自己家附近能有这样一个池塘真好哇。"

他好像很喜欢这座龟池，暂时没有要走的意思，我说了声"再见"就离开了，仅此而已。他是一位长相标致到可以去当演员的美少年。要不是那天晚上听片桐说起"阿波罗"的事情，我可能此后就会把他忘到九霄云外去了吧。不，以后再去龟池的时候，说不定还会想起他。

火村和船曳完全无视站在一旁陷入沉思的我，开始讨论起来。

"关于坂亦清音在东京制造的连续滥杀无辜事件，我只了解新闻报道中的内容，只凭这些，难以推断与这起案件有关联。"

"两个案子有诸多相似之处。您认为是模仿型的犯罪吗？"

"不，还不能这么说。"

"那么您是凭直觉认为犯人不是坂亦？"

警部把两只手的大拇指别在背带上。

"两起案件的现场位置有所不同。虽然案发现场都是在人烟稀少的郊外，但有微妙的差别。"

"微妙的差别是指……"

"抱歉，我说得不太清楚。东京的案件都发生在与武藏野地区地貌相似的丘陵地带，周围两公里以内有较多乘客上下车的车站，而且也能看到很多密集的住宅区。而这起案件，并不具备上述特征。"

"是根据地理情况进行犯罪推理吗？"

"这只是常识性的推理，并不能捕捉到凶手的蛛丝马迹。"

火村对犯罪推理的有效性表示质疑。

"原来如此。但是在被害人与凶器这两点上，两起案件有共同之处。"

"这没什么特别的吧。对了，坂亦熟悉这附近的地理情况吗？"

"他从十一到十二岁之间一直住在大阪市内的平野区，对这附近的地理情况应该不太了解。不过，听说他当时比较喜欢骑自行车远行，也许远途骑车来过这里。"

"即便有这种情况，在逃期间是否会特地来这里落脚也是个未知数，虽然因个人原因对某地有特别牵挂的可能性也并非不存在。"

副教授挠了一下他那显眼的少白头，继续娓娓道来。

"坂亦是用'看起来很快乐'这种毫无逻辑的理由去选择杀人目标。难道选择尾木紫苑和座间剑介也是因为这样吗？不过，尾木和座间好像并不是正在交往的情侣。"

"尾木紫苑的母亲在证词里说他们是在上学路上认识的，从今年的5月到7月中旬，关系还比较亲密，到放暑假的时候却因吵架分手了。母亲认为座间配不上自己的女儿，所以看到他们分手便终于安心了。但是座间好像还恋恋不舍。"

　　座间的遗体照片与他生前的照片一起浮现在我的脑海里，他的眉宇间有皱纹，是一位看起来很神经质的少年。但是仅凭一张快照很难判断一个人的性格。他嘴角含笑，眼神却很冷漠——一副让人捉摸不定的表情。

　　"据说他对尾木纠缠不休，那么他跟踪她了吗？"

　　"并没有达到需要报警的程度，就是常常打来电话，还有就是等在放学的路上搭话什么的，被尾木紫苑的父亲警告后就停止了。他很难死心吧，女孩子对他也并非全是厌烦，有时还很怜悯他，但是已经没有重修旧好的可能了，因为尾木紫苑在网上结交了一个新的男朋友。"

　　新男朋友住在京都市，与这起案件没有关系，早早就被排除了。

　　"我们正在打听被害人之间的关系，或许会有意想不到的收获。"

　　接着，我听取了两名被害人的家庭情况。尾木紫苑的家庭成员有父亲、母亲和姐姐。父亲是公司职员，母亲是全职家庭主妇，姐姐是研究生。尾木紫苑学习成绩优异，品行端正，还擅长男女之间的交际。

　　座间剑介的家庭成员有父亲、母亲和弟弟。父亲因公司裁员而失业，所以由从事护士工作的妈妈来维持家计。班主任对座间的评价稍显犀利：做事不够沉着冷静、举止粗鲁、言行直率、容易挑事儿。他没有前科，只是比较淘气。据说尾木紫苑比较喜欢这种类型的男孩儿。

火村重新系了系松开的领带。

"听说座间给尾木的手机发了一封邮件，他是为了什么而道歉呢？"

"是指他写的那句'对不起'是什么意思吗？我也不了解这其中的含意。尾木应该没有读过这封邮件。理由有两个：第一，11 点 41 分的时候，尾木死了；第二，尾木进行了设置，拒收来自座间的邮件。"

他们正聊着，我插了一句。

"这封写着'对不起'的邮件不一定是座间本人发的。那时座间有可能已经死了。我认为也许是别人，或许是凶手发的。"

"他为什么要这样做呢？"火村立即问道。

"想让别人以为在 11 点 41 分的时候座间还活着。凶手作案时间可能会更早，然后为了制造不在场证明，故意在这个时候发的邮件。"

"凶手临时拿走手机，在其他地方为了制造不在场的证据使用被害人的手机发了邮件，然后再把手机送回遗体身边，是这个意思吧？这个手法还真简单，不过这样做的话，得冒着风险重新回到犯罪现场。"

虽然我的想法不见得有多好，但被他如此这般吹毛求疵，还是感到很不愉快。

"不好意思。"船曳警部开口说道，"我认为有栖川先生的说法不成立。因为座间的指纹在手机上清晰可见。如果是其他什么人使用手机发了邮件的话，座间留下的指纹应该会消失才对。"

我同意这个观点。

"如果是座间自己发的邮件，他的死亡推定时间范围会缩短。"火村说。

"死亡时间是在晚上 11 点 41 分到 12 点。"

"对，尾木的死亡时间也可以缩短。"

船曳看着笔记本向大家通报，他在搜查本部等候期间，从调查员们那里陆续了解到很多信息。

"尾木紫苑在临死前也发了一封邮件。是发给同学木村凉香的。这封夹杂着表情文字的邮件内容为'今天很累，不过拿到了打工的工资很开心。星期天我们一起去玩吧'。发邮件的时间是在 9 点 18 分。从这之后到 10 点可推定为她的死亡时间。"

我条件反射般地问道："原来她是'拿到了打工的工资很开心'哪！那么有可能她在回家路上一直就乐呵呵的。"

"你的意思是说，她满心欢喜地走在路上时遇到了坂亦？"

船曳抱着胳膊说道。我看了一下火村的反应，他正拿起桌上的现场照片仔细地端详着。

"发现尾木的尸体时，警方立即对现场周围进行了搜查，而公园却没搜过，是吗？"

如果当时调查了公园里是否有可疑人员，应该就能发现座间的遗体。可能刚好戳中了痛处，警部轻轻地拍了下自己那光溜溜的脑袋。

"太没面子了，我们没能做到这一步真是失策。发现尾木尸体的时候，已经是她死后好几个小时，所以当时我们没考虑凶手可能还会在这附近。我们在搜查过程中确实出现了纰漏。"

虽然的确是失误，但是实际上谁也想不到凶手还会在犯罪现场附近徘徊，座间的遗体便没有及时被发现。我的思考只能达到如此程度，火村却一副冷峻的神情。

$$4$$

　　火村和我原本想与被害人的家属、朋友接触一番，了解一下相关情况，但是由于他们在精神上遭受了巨大的打击，加上附近来了很多媒体，作为本案的协助人员，我们很难与他们直接取得联系，只好在调查本部等消息了。

　　现在，我们唯一有可能见到的人就只剩下座间剑介尸体的发现者了。在森下刑警的带领下，我们起程去拜访那位发现者。

　　"明明现在的少年犯罪减少了，却有很多人误以为最近的年轻人很可怕，真是让人无奈呀。"

　　森下一边开车，一边嘟囔着。这位船曳的属下里最年轻却干劲十足的大男孩儿可能是想替年轻人说句公道话吧。

　　"火村老师，以前是不是更不太平？"

他向坐在后排的专家寻求认同。

"森下说得没错，除了战后的动乱年代，在 1961 年，未成年人的犯罪率达到了峰值。从 1980 年起，未成年人犯罪率大幅下降。恶性犯罪比例也没有上升，性犯罪也戏剧性地减少了。所以，不是当今的犯罪发生率增加了，而是因为现在的媒体比以前发达，导致很多负面新闻迅速被扩散了。"

"是呀。"

"不过，杀人动机难以理解的杀人案件可能有所增加，但是无论在什么年代都会有这种情况，社会骚动的方式会随着时代变迁而有所不同。"

"比如坂亦清音的案子，他觉得别人看起来很快乐就去滥杀无辜，这真是让人难以理解呀！"

"这是哪个年代都会有的事情。"

火村重复了刚才的话。

"网民们在继续搜索'阿波罗'的照片和名字。很多人就少年犯罪法是否正确、实名报道的方式等问题在进行热烈的讨论呢。"

对于这个现象，本来想听听犯罪社会学者的看法，不过车很快就抵达了目的地。

发现座间尸体的人名叫安纳守之。他的家是一栋被矮栅栏围绕的带院子的独栋小楼，二楼的阳台上晾满了男人的衣服。

我们来到院子门口，门旁边的狗窝里，有一条大白狗慢吞吞地探出了脑袋。它穿着带有水珠花纹的深蓝色衣服。听到门铃声，房主出来开门。狗狗见到主人开心地摇起了尾巴，样子十分可爱。

"电视和报纸真让人受不了。"

安纳郁闷地说道。可能是因为媒体得知他在散步时发现尸体后，都纷纷闻讯赶来采访他了吧。

"里边请。"

白狗的主人身材矮小，面相稍稍显老，给人以沉稳的感觉，年纪看起来有五十岁上下。他好像是一个人生活，虽然森下说了不用客气，他还是张罗着给我们沏了茶。听说他是超市老板，却很少去店里，平时都是他侄子夫妻二人在帮忙打理。

我们分坐在对一个人生活来说感觉过大的餐桌旁，开始交谈。

安纳首先厌倦地说道："这事儿闹得太大了，刚才我往店里打电话，听说好多媒体过来买东西，现在都快需要特别订货了。不过，这可不是什么值得高兴的事情。"

据说好多人拿着有线对讲机来找过他，但截至目前，他只接受过一次电视台采访。

"接受记者采访时，我只说了在警察调查取证时说给警察听的那部分内容，因为记者只要录到我的声音就满足了，其实本来也没什么可讲的。"

据他所说，他和往常一样带着爱犬出去散步，出门时是早上6点多，和一位正在打扫的邻居打了个招呼后，便往西边走去。那个公园也不过就是他平时散步的路线之一。他在游戏器械后面发现了横躺着的少年，就慌忙地去公共电话亭报了警，当时是6点18分。少年的咽喉部有一处大大的伤口，衬衫上布满血迹，很明显已经气绝身亡。不过，发现尸体后，他还是惊慌失措地摇晃了少年的肩膀，想让他醒过来。除此之外，再无多余之举。他觉得自己有义务留在现场向警察说明事情的经过，于是再次返回公园，等候警察的到来。

"从安纳先生发现尸体到再返回公园的这段时间，其他人有没有可能来过现场？"森下如是问道。

身材矮小的男人摇摇头："不知道，从公用电话亭的位置看不到公园，如果当时看到了可疑人员，我会告诉警察的。"

我觉得森下的提问没什么意义。

可能是火村在场的原因吧，这位年轻的刑警貌似有些逞强。

"刚才我在安纳先生的店里也买了东西呢。"森下说，"然后顺便问了下店长，据说两名死者以前常来店里。店长对尾木的评价是'常来买零食，感觉这孩子挺不错'，而对座间君的印象是'他常来店里站着看杂志，偶尔会买口香糖'。安纳先生，您认识这两个人吗？"

"认识。在卖场工作的人会超乎想象地去仔细观察店里的客人。只不过在公园见到那孩子的时候，并不知道他是谁。因为死者的脸已经变得不像他本人了。"

"关于这两个人，您有留下什么印象吗？"

"没有。"他立即回答道，"无论哪个都只不过是众多的顾客之一，没有和他们说过话。"

"没有听说过有关他俩的传闻吗，比如是什么样的孩子之类的？"

"没有什么机会听说。如果我有和他们同龄的或者是在同一所学校上学的孩子，就另当别论了。"

此时，安纳瞥了一眼火村，似乎听到介绍说他是个犯罪社会学家因而比较在意。仿佛正在等待这个时机似的，副教授问道："今天早上出去散步的时候，您知道尾木紫苑遇害这件事吗？"

"知道。"

"是昨天晚上知道的吗？"

"不是，是从晨报上看到的。昨天晚上有巡逻车在四处巡逻，我觉得好像出了什么事吧，不过当时我喝醉了，回到家后已经很疲倦了。"

据说昨夜他和四名学生时代的好友一起在阿倍野喝酒，要回去的时候已经很晚了，就和同路的三个人同乘一辆出租车。安纳到家时已经是凌晨 12 点半，虽然听到了警车的警报声，却澡也没洗就立刻睡去。有早起习惯的他 5 点半醒来看晨报时，才知道发生了杀人事件，然后就和往常一样出去遛狗散步了。

"您就不怕遇上持刀杀人犯吗？"

"不怕，因为报上说被杀的是一名走夜路的女孩儿，凶手不会袭击像我这种遛狗的人吧？万一发生了，我的狗也会扑上去咬他的。"

"原来如此。"

见火村表示理解，安纳放心地品了一小口茶。放下茶杯后，他变得健谈起来。

"有人认为少年犯罪率并没有增长，手段也没有恶化。那么实际情况又是如何呢？东京那边不是发生了恶性案件了吗？而且有人还担心凶手逃窜到了大阪来呢。"

火村就像刚才回答森下那般陈述了自己的意见，安纳听后半信半疑。

"统计上是这样的吗？不过实际的感觉却并不太平，少年犯罪法也被修改了吧。"

2000 年 11 月修改了部分法律，十四五岁的少年也被列为受刑事处罚的对象之一，严惩少年犯罪的趋势节节上升。对此，却没听过火村发表他的见解。

"未成年人改过自新的可能性较高，犯罪后如果加以严惩并非良策，这一点我能够理解。但是如果纵容他们，就会让一些年轻的家伙得意忘形。如果不严加惩戒的话，他们不会懂得这世上的道理。"

我们不是来和他辩论的，火村没有上钩，只是含糊地点点头。安纳以为火村对他的说法表示赞同，继续说道："连那名逃亡中的马路杀手的名字和照片都不公开就进行通缉，真是很荒唐。为了让一个杀人犯获得重生，就使善良的市民们处于危险的境地，简直不合逻辑。虽然少年犯罪法有相关规定，但这法律本身就有问题。"

他看起来稍显兴奋，对少年犯罪这类事情，看来平时就有些自己的成见。

"不能公布受通缉少年的姓名、照片，这种法规是没有的。只有满足以下两种情况的，才享受不被公开其身份的权利：一是受家庭法院审判的少年，或是因少年时期的犯罪行为而被家庭法院提起诉讼的人。"

"什么？"安纳一脸惊讶，好像此前从来没听说过似的。不过，其实我对法律也不太了解。原来如此，难怪刚才火村问船曳是否公布了凶手的照片。

"如果这样的话那应该及早公布，做事情不是应该有个先后顺序吗？还要被老师教，真是让人无奈。"

安纳叹道。火村并没有回应。

"这么随便就把人给杀了，真是太可怕了，而且才十七岁，这是怎么啦？"

最后只剩下安纳一个人在说话。

我看着沉默不语的火村的侧脸，暗忖他走上犯罪社会学研究这条道路、加入犯罪搜查的行列中、做"临床性"研究，究竟是出于什么目的呢？我想，是他自己有过想要杀人的念头吧。我们是在二十岁的时候相识的，他和我念的是同一所大学。在大学时代，我曾听他说起他有过想杀人的念头，但不清楚那是什么时候的事情，总之是在十几岁的时候有过这样的想法。也就是说，他是一名少年犯罪未遂者，虽然我并不清楚他是仅仅有杀意，还是精心策划过杀人计划，抑或是下决心要实施犯罪却中途停止了。

穿着宠物服饰的大白狗目送我们离开了安纳家。

5

开车五分钟后就到了由安纳守之的侄子担任店长的便利店。店长看起来在三十到三十五岁之间，名牌上写着外山，森下悄悄地说明了来意后，他便把我们领进了后面的储藏室里。在那里，他为我们讲述了有关被害人的事情，为了不让卖场里的人听到，还特意压低了声音。

"我知道座间缠着尾木，因为他们的同学谈论时我曾听到过。便利店是街上各种流言的集散地，虽然不都是什么重要的事情。那个男孩儿看起来有些凶狠，但不是坏孩子。书包不小心碰落了货架上的商品时，他会很自然地把东西捡起来放回去。我还看到过他关心店里的残疾顾客呢。不过，他买零食吃的时候，会把点心渣和袋子随手扔到便利店门前，这种没规矩的举止也是常有的事儿。"

关于尾木紫苑,他只说了一句:"是个可爱的孩子。"关系还好的时候,尾木和座间曾一起来过店里。

"这里是由你们夫妻二人在打理吧,安纳先生也会来店里看看吗?"火村瞥了一眼装满库存和退货商品的纸壳箱,像聊家常似的询问起来。

"偶尔。一周一次吧,每次待两个小时左右。因为他有腰椎间盘突出和其他几种老毛病,所以在调养身体。他另外还开了一家自动投币停车场,加上那里的收入,足够他悠然自在地生活。"

"而且还是一个人生活,真是悠然自在呀!"

"他和家人分居了,过得并不幸福。"

据说安纳有个十岁的儿子,因为不能适应学校生活,只好辍学了。加上夫妻感情冷淡,妻子就抛下丈夫,带着儿子搬了家,换了一个适合儿子的环境去生活。他们的夫妻关系好像原本就不太好。

"今天您和安纳先生说过话吗?"

"通过两次电话,因为被卷入这个案子,他好像感到很困扰。"

"给您添麻烦了。"

听森下这样一说,店长粲然一笑。

"也请你们手下留情,我叔叔现在变得特别神经质。因为他是第一个发现尸体的人,所以担心会不会被警方怀疑。"

"不会的,他也许是犯罪剧看多了。"

"虽然对刑警来说这是家常便饭,但对普通市民来讲,却是非比寻常的。他吓得对我都辩白起他有不在现场的证明了，说他"昨天和朋友喝到很晚才回家，不在现场的证明无可挑剔"。不知道警方有没有核实过。"

"没必要核实。请转告他，让他放心吧。"森下说道。

外山回答道："我会转告的。"

我们觉得打扰别人做生意很过意不去，就打算结束谈话，买些盒饭来当作迟到的午饭，却发现连饭团、三明治什么的也都已经卖光了。难道这就是"特别订货"吗？

汽车开了几分钟后，才看到一家家庭餐馆。森下说"就在这里吃吧"，然后把车停在了停车场。大家都饥肠辘辘了。我们来到靠里面的桌子旁坐下，一起点午餐。空着的座位只有这一桌了，不过对火村来说却很幸运，这里恰好是吸烟席。

"不妙哇！"火村马上叼着爱抽的骆驼牌香烟说道。他说的"不妙"是指什么？

"这家饭店之所以这么火爆，都是拜媒体人所赐。你们看，有好多呢。看来不能在这里开调查会议。"

话虽如此，大家都无心去聊别的话题打发时间，于是就放低了声音。

"警方始终不打算公布坂亦清音的名字和照片吗？"

被火村如此一问，森下露出了为难的笑容。

"我也不好说什么，这是由上级判断的事情。不过有一点可以确定，坂亦这个名字可不能随便说出去。警视厅并不认为少年会再次行凶，他们认为少年正在拼命逃亡，没有余力去再次作案，所以不会公布他的姓名和照片。如果经研究判断发生在八尾市的这两起案件也是由这名少年作案的可能性很大的话，那么也许明天就会向社会公布其姓名和照片。这是从捍卫社会安全的角度来讲的。"

如果交付家庭法院去审理，他的姓名和照片可能又会被打上马赛克，这是不是很可笑？

"为了防止这个少年自杀，所以才不公布他的姓名和照片吗？"

我也问了一句。此刻，森下是警方代表。

"应该也有这种意见。实际上，我认为不公布姓名和照片的做法很勉强。正如刚才火村老师所说，对逃亡中的嫌犯，少年犯罪法并没有相关规定。"

"会有媒体公布的。"火村说，"不公布是自我设限，因为没有相关惩罚规定。现在就看网络和媒体哪个更快了，封锁少年信息的堤坝很快就会决堤。"

"刚才那位安纳先生好像就对过度保护未成年犯罪者的人权很不满嘛。可是，就算知道了罪犯的名字和照片，又会对谁有好处呢？无非就是如果拿不到近照的话，媒体就把凶手中学时代的照片拿出来曝光一下而已，这也太形式化了。"

听了我的话，火村弹了弹烟灰说："有哇。"

"你说的'有'是指什么？"

"即便知道了凶手的名字和照片，也不会有谁获得好处。不过被逮捕了的话，还是公开比较好。这对社会有好处。"

"是这样吗？"我和他唱起了对台戏，"不是有人认为被逮捕后交由司法机关去审判就可以了吗？即便公开了姓名和照片也不过只是满足了大众的好奇心而已。"

"这是一部分人权派的主张，他们认为这样做才有利于犯人以后重新做人。不过，将犯人的身份完全公开意义极大，不公开反倒坏处更多。"

"我不觉得将恶性杀人案犯的姓名和照片隐匿起来有什么不妥，公布只是社会制裁、惩罚的一环而已，难道不是吗？"

"大错特错！逮捕一个人是非常严重的事态，因为需要对其强制拘留以便进行调查取证。好好想想吧，有栖，如果不公布被逮捕者的名字和照片，就意味着警方可以在任何时候、悄无声息地任意逮捕他人，这不是使人权受到了更大的威胁吗？公权力必须受到监督。隐匿犯罪者的姓名和照片，不仅是对犯罪者本身，对善良的市民也没有益处。"

"是呀。"

森下停下用叉子卷起培根蛋面的手，连连点头。

"如果是具有民主精神的警察，就会仔细调查被逮捕者的经历，不会胡乱抓捕。"

火村没有夹菜。

"对于犯罪社会学家来说，少年犯罪是很重要的研究课题。把少年犯罪作为毕业论文题目的研究讨论组里的一名学生有一次咕哝了一句：'如果是未成年人犯下杀人等重大罪案，大人们会吃惊、害怕。不过，这是很可笑的。其实，杀人犯应该更怕能分辨是非的成年人才对。'"

"那么老师是怎么回答的？"

"因为这不是提问，又不是像告诉他去邮局要怎么走的那种情况，这是学生自己应该思考的问题，所以我没有给予解答。"

火村只说了这么多，终于拿起了叉子。

"我觉得不是那名少年干的。"我开始阐述自己的想法，"如果那两个人是因为'看起来很快乐'就被袭击的话，那么尾木紫苑刚好是因为'收到打工工资很开心'而遇袭，但她不一定就是笑容满面地走在路上吧？而座间剑介又是什么情况呢？"

不知道是不是对这样的事情不感兴趣，还是只想专心吃东西，火村只是默默地用叉子吃着面。

"你怎么看，森下？"

"关于昨天夜里被害人的行踪，茅野和高柳正在调查，所以我还没有细问。关于此事……"

这时，森下的手机好像振动了起来。"不好意思，我去接个电话。"说着，他拿起手机离席而去。森下刚走，一个陌生人便走了过来，看起来似乎有些面熟。

"不好意思，打扰大家吃饭了。"

此人身体强壮，却有着一副与之不大相称的白皙面孔，脸上绽满和蔼可亲的微笑，是一位让人不能小觑的男子。

"好久不见，有栖川先生。"

他向我打着招呼，视线已投向火村。

"是英都大学的火村英生老师吧？我和您打过一次招呼，您还记得吗？我是东方日报社会部的因幡丈一郎。"

他取出名片簿，火村推辞道："您给过我名片。"

"您也来参加本案的调查呢。哎呀，我都没有注意到。不过，我倒是预料您可能会参加。在偶尔光顾的餐厅里能遇上您，真是幸运。"

中途离席的森下的座位旁边有一个空位，他可能想坐下来，但未经允许他便没有随意坐下去。

"我昨天晚上就到这里了，只在车上打了个盹儿，然后就一直在忙采访。同一所学校的学生们应该受到了很大的冲击，但这应该是理所当然的吧。"

他站在旁边让我觉得坐立不安，火村却无视他的存在继续吃饭。就在我们把饭菜一扫而光的工夫里，皮肤白皙的记者随意地说起话来。

"……就是这种情况，座间生前最后一个见到他的人是晚上8点把饭菜端到他房间里的妈妈。之后，他趁家人不注意时悄悄外出。不清楚他的目的和去向。警察掌握了什么线索没有？"

他是想交换信息。我回应道："怎么办呢？我们也不知道。我们正在调查取证的过程中。"

"哦，在晚上9点07分到9点15分之间，座间和一个名叫塚本信久的朋友互相发过邮件。内容是关于他们的共同朋友之间的一些无聊琐事，关于这个，您有了解吗？"

"没有，因幡先生那里好像有大量的信息，没必要从我们这里获取吧？"

"还远远不够呢，别这么冷淡嘛，有栖川先生。'阿波罗'的线索发现了吗？他是不是对这个地方比较熟悉什么的？我非常感兴趣。"

"可以说有，也可以说没有。"

"我去给你们拿点儿喝的吧，咖啡可以吗？"

我们都没有拜托他，他就径直去拿饮料了。周围桌上的客人们都在注意我们的谈话。应该是来采访的一伙人吧，这个局面真是不太妙。

"火村，你的秘密实地考察快要到头了吧？因幡看来打算展开攻势了，其他报社的记者也会不客气地过来向你提问的。"

"我从刚才开始一句话都没说，是吧？他想要来个突袭采访，我可什么好处也不会给。"

"虽然你这么说，对方可是有着不达目的誓不罢休的决心。不知道他能拼到什么程度。"

"这点拼劲儿不值一提。只要他别恼羞成怒，那就谢天谢地了。"

因幡把两杯咖啡放在盘子里端了过来。火村只说了句"谢谢"，就接了过来。

记者仍然站着说起来。

"除了被座间剑介死缠烂打以外，没有发现尾木紫苑遇到过什么纠纷。座间是被尾木的父亲斥责后才离开的，不过这也许只是表象，也有证言说他一直在等待重归于好的时机。"

我问道："是谁提供的这种证言？"

"就是刚才提到过塚本信久。如果事态向不良的趋势发展，那就不太妙了，于是塚本制止说'快别这样了，放手吧'。作为旁观者，他感觉已经没有和好的希望了。因为尾木跟周围的人说过，她通过网络结识了新的男朋友，而且好像非常开心。"

"仅凭这个不能判断有没有和好的希望吧。目前虽然有点儿困难，但如果等一等，没准儿机会就会到来的呀。"

"有栖川先生是耐心等待的类型吗？守株待兔，真是慢性子呀。或者应该说是比较固执吗？"

"这是我的个人见解……"

他又开始说起来。

"'阿波罗'说自己因为别人看起来很快乐就去杀人。虽然他长得那么好看，却深感自己并不快乐吧？另外，他把人分成快乐一族和不幸一族，属于后者的他认为可以随意攻击快乐的人。如果是这样的话，一连串的犯罪行为是因不幸一族对快乐一族的憎恨而产生的，这不就是所谓的 hate crime 吗？"

据我有限的知识，hate crime——仇恨犯罪是指因憎恨不同人种或宗教集团而产生的犯罪行为，是基于仇恨与偏见。

"火村老师，您觉得如何呢？"

如果回答 yes，那么他就会把它作为犯罪社会学者火村英生副教授的观点，刊登在报纸上吧？

因幡翘首以盼地等待着火村的答复。

"可能是仇恨犯罪的一种。"

没想到火村竟然给出了肯定的答复。因幡满面含笑，但立刻被火村警告说："不要把我说的话给报道出来，因为你不懂其中的含义。"

"哦，这是怎么回事？如果我的认识有误，请您指正。我想把这个作为您的观点报道出来。"

因幡在纠缠不休时，森下回来了。

"辛苦了。"

记者简单地打了个招呼。

年轻的刑警低头挥动右手，做出像撵狗一样的动作。

"因幡先生，对不起了，你快走吧。"

因幡会觉得遗憾吗？还是并非如此，他会等待下一次机会吧？

"没关系，老师们，打扰你们吃饭了。今后也请多加关照。"

记者刚一离去，森下立刻坐下，胳膊肘支在桌子上，前倾着身体说道："抓住坂亦清音了。"我"啊"了一声后急忙把话咽下去，装出一副若无其事的神态。向自己座席走去的因幡还在向我们这边观望着。

"在哪儿？"

火村简短地问，对森下说话的语调一反常态地强硬。

"在神户市的王子动物园，今天下午 3 点 03 分抓住了他，当时他正一个人。现在把他移送到滩警署进行调查审讯了。"

这种压低声音的谈话，我也模仿起来。

"关于这次的案子他有供述吗？"

"没有，完全沉默不语，而且态度傲慢。"

自不必说，昨天夜里在这边作案后到今天下午 3 点为止，他可以很轻易地转移到神户去。我忐忑不安起来，果然他就是那个在龟池边遇见过的少年吗？

"总之，先回警署再说吧。"

留下了吃剩的饭菜，森下站起身来。此时传来因幡的声音："是真的吗？"他正拿着手机在说话。一开始还比较大声，此后就压低了声音。"然后呢？他是一个人在那里吗？"他也收到坂亦被逮捕的消息了吧？继而，各桌的人都开始接打起电话来，整个店内充满着异样的氛围。

"我们走吧。"

火村用餐巾纸擦了擦嘴，站了起来。我们急忙结完账，走向停车场。途中，火村的手机铃声响起来。

"他只肯说自己没去八尾，是吧？"

好像是搜查总部打来的电话。简单地说了几句以后，副教授挂断了电话。

"坂亦开始一点点地开口了。但好像与本案没有关系。"

"这种话能信吗？"我说，"事到如今，没准儿他只是在搪塞。"

"当然还不能相信。不过不知不觉间，他好像流露出一副听天由命的神情。森下先生，有件事想拜托你。"

"是什么事情？"

坐在驾驶位置上的森下边系安全带边问。

"到了第二犯罪现场的公园时，让我和有栖川下车吧。"

从后视镜中可以看到年轻的刑警流露出诧异的神情。

"那里会有什么？"

"那里可能没有什么，不过附近也许会有，因为不能确定，所以想和有栖川去调查一下。如果有什么新发现会打电话的。"

火村含糊其词地说。

6

由于变成了杀人现场，所以已经没有人在公园里散步了。
调查人员还在现场收集证据物件，他们一定很痛恨昨夜下的那
场雨吧。

在这里我们能找到什么呢？我正满腹疑惑，火村和站岗的巡
警打了招呼。巡警好像知道副教授是谁，神情紧张地应答。幸运
的是，他就是当时第一个到达这个现场的巡警。

"那么，当时你看到安纳先生正一只手牵着狗，另外一只手
拿着小铲子站着吧？"

"是的。"

我正在想那又怎么样的时候，火村嘀咕道："好奇怪呀！"

"因为要处理狗粪，所以手里拿着小铲子是可以理解的，不

过光有铲子，没有袋子也不行啊！"

"啊，您说得有道理。不过据我观察，好像没有带着袋子之类的东西。"

"我想再问一个问题，安纳先生报警时用的公用电话亭在哪里？"

巡警详细、周到地回答了提问。道谢后，火村离开了这里。

"公用电话怎么啦？你提问的目的是什么？没有理由怀疑安纳先生吧？他没有作案动机，也有不在现场的证明。"

虽然没有确认过安纳先生的不在场证明，不过很难说他是在信口开河。就算有隐瞒动机的事实，火村也没有时间去查明吧？

"你认为座间剑介是因为什么给尾木发邮件的？"

他还没回答我呢，就给我抛过来这样一个问题。被这么突然一问，浮现在我脑海中的疑惑不禁条件反射般脱口而出。

"会不会是对自己恋恋不舍的举动感到羞愧呢？"

"尾木拒收来自座间的邮件。即使他与这起案件没关系，座间也是在知道尾木无法读到的前提下把邮件发过去的。也就是说，明明知道无法送达邮件，但还是给死者发了邮件。座间可能是非常迫切地想要道歉，所以才这么做的吧。"

明白了火村的言外之意后，我不寒而栗。

"你是说是座间杀了尾木吗？"

"座间原本是想等在她回家的路上，向她表达自己的心意，不料对方反应冷淡，他不禁勃然大怒举刀杀人。虽然我不希望这是一起有预谋的犯罪，却也有这种可能性。"

确实如此。

"难道是先杀死自己喜欢的女孩儿，然后再自杀的吗？如果这是事先策划的话，就如同逼迫对方和自己一道殉情了。"

"座间的咽喉部有多处伤口。从他的伤口来看，不像是马路杀手瞄准咽喉一击致命的手段，倒像是自杀者在自杀时因犹豫不决而留下的伤口。"

真是令人痛心，但已充分地勾勒出事件的来龙去脉。此前我一直没有想到这一点，可能是被"阿波罗"的幻影迷惑了，但是并不仅仅如此。

"如果这就是真相，座间的遗体旁边不是应该留下凶器吗？警察特意搜寻这件证物，却到现在也没发现。这又是怎么回事呢？"

我们发现了位于国道旁边的电话亭。我还以为他要去调查呢，火村却并不入内，而是径直走过，然后改换方向，重新返回到来时的道路上。

"喂，火村老师，现在我们这是在做什么呢？"

"你只是在走路，而我则是在寻找凶器。"

这么说来，从刚才起火村就在忙碌地转动着视线。

"凶器不在现场，应该是安纳给拿走了吧？除了他以外应该没别人了，尸体周围全是他的足迹，问题是他把凶器藏到哪里去了？"

我认为问题的关键不只是凶器藏在什么地方，比起这个，我更想知道他为什么要这么做。

"安纳是偶然发现尸体的，并非预先准备好隐藏凶器的地点或工具。手持塑料袋把刀具临时装进去，然后又会做什么呢？"

"因为周围有空地和农田，说不定用铲子在哪儿挖个坑埋了。

如果是这样，那就不太好找了。"

"这在时间上说不通啊！出门时遇到邻居、打了招呼后去散步是在早上 6 点刚过，这点可以确定吧。然后走到公园发现了尸体，在 6 点 18 分向警察报了案，之后返回现场等待警察前来，没有足够的时间去挖坑掩埋了。"

"如果扔到路过国道的卡车车厢上，就可以暂时隐藏。"

"那也没用。因为不能随时取回自己藏匿的东西。"

安纳到底想把凶器如何处置？我还不能理解火村的想法，不过唯一能确定的是，火村把目标指向了安纳的家里。

秋天的夜幕降临得早，东边的天空已经开始阴沉起来了。如果真的要搜寻凶器，仅凭我俩绝对是不能完成的。

"安纳没有拿着塑料袋，仅凭这一点你就怀疑他隐藏凶器吗？"

"如果有塑料袋，就可以把带着指纹的凶器保存起来，这实在是太方便了。但是只藏匿凶器是不行的，凶器上必须一直保留着座间的指纹。"

然后就有条件随时去取出凶器。希望谜底就在于此。

"如果并非他杀，那么使用凶器一词就是不恰当的。不过，把座间自杀用的刀藏起来后会发生什么呢？"

火村的提问涌过来。虽然焦躁不安，我还是勉强回答："把自杀掩饰成他杀。这难道就是安纳的目的吗？"

"正是。"

渐渐地看到安纳家了，难道他是想见到安纳本人，当面质询吗？但是当我们正要去按门铃的时候，邻居家正在给树浇水的老太太说："他不在家，带着狗散步去了。"

前来采访的记者们走了以后，他就按惯例带着爱犬出去散步了。

"刚出门吗？"

火村问道。老太太用手指向东边。

"对，刚才往那边去了。如果跑起来应该能追上。"

"谢谢。我们走吧。"

于是我们开始跑起来。由于夜幕降临，前方连人影的轮廓都看不太清楚。超过了一两个人又跑了一段路后，好不容易才看到一个牵着狗的男子的背影。

"安纳先生！"

火村叫住了他。主人和狗同时回过头来。

"想和您说几句话……有没有合适……说话的地方？"

火村气喘吁吁地说道。安纳看来很惊讶，不过他回答道："前面有个公园。"

在一块三角形的绿地上，有一处仅能摆放树桩形状椅子的狭窄空间，谈不上是个公园，不过刚好适合坐下来聊天。恰好椅子有三张，摆放成三角形，我们便面对面坐下来。

"您想说的是……"

安纳催促道。他应该不知道自己被火村怀疑了，不过可能有所察觉吧，已经是一副沮丧的神情。

"您看起来很疲劳哇。"

"今天一天感觉很漫长。"

狗在我们中间面朝主人蜷腿蹲坐着。

"开门见山地问您吧，您是不是捡了座间剑介尸体旁边的刀？"

看对方正为如何回答踌躇不定，犯罪社会学家继续诱导："您现在已经可以说出来了。即使没做好心理准备，也应该去做您应该做的事情。请把放在塑料袋里保管的东西交给警方吧。为了使居民能安心，刻不容缓。"

见对方一声不吭，火村进一步说："今天早上我沿着您走的路线走了一圈，没发现能够迅速藏好刀的地方。这就说明您暂时把东西拿回家了，不可能是揣在衣兜里拿回去的，所以带回家去的方法只有一个……这条狗叫什么名字？"

"叫小白。"

简直太过简单了。

"真是好可爱的小狗哇。您利用了小白。"

如果是让小白把刀叼走的话，虽说是在早晨，但是说不定会被谁看到的。

"你本来想把刀藏起来，但藏在公园的树丛中或是路边的草丛里会被发现，索性先拿回家后再报警。不过，因为出门时遇见过邻居，在时间上前后不能吻合。因此，你决定把刀藏在小白的狗服里。不是这样吗？"

安纳低头看着爱犬。

"警察向你调查取证时，夺走尾木紫苑生命的凶器就在调查人员的眼皮子底下——就在小白的怀里藏着。警察让你走后，你和小白一起回家。在这途中你不会冒险去藏匿凶器，所以就这样直接回家了，目前凶器还在你家里吧？因为现在没必要随身携带。"

我凝视着小白，因为它蹲坐着，总感觉它的怀里好像藏着什么东西。我这是有些神经过敏了吧？

"为什么我要做那种事情呢？我怎么会把带着血的刀——这么恐怖的东西拿回家里去呢？"

安纳抬起头来有气无力地笑着。

"我是为了庇护座间剑介吗？但是丝毫没有这么做的道理呀。"

"是的，不是为了庇护他，是出于怨恨。"

闻听此言，安纳深深地点了点头。

"您洞穿一切了吗？不，我不是想要搪塞。我想不会有第二次能和犯罪社会学老师对话的机会了，只是想见识一下您的本事。是的，正如您所说，刀是折叠式的，所以能够稳妥地放进小白的衣服里。游戏已经结束了吗？我把小白牵回家后，就带着刀去警察局自首。"

小白抬头看着主人，摇起尾巴。它是听到了自己的名字感到很开心吗？

"尾木紫苑被什么人袭击身亡的消息，你是在早报上看到的吧？早晨在公园发现座间剑介的尸体时，你知道发生了什么。因为二人之间有纠葛这件事，你在便利店有所耳闻。你把放在座间身旁的刀……"

"刀是被座间僵硬的手轻轻握着的。"

"原来如此，那就更容易理解了。你在履行向警察报案的义务之余，怀着恨意把刀藏起来了，这是出于对座间剑介的怨恨。

如此一来，座间剑介就从案件的凶手变成了被害人。因为你不得不这么做。"

"为什么呢？"我急切地询问。

"还不明白吗，有栖川？尸体若是在原来的状态下被人发现的话，谁都能猜到是座间先杀害尾木以后再自杀的。那么媒体会如何报道呢？'尾木紫苑与少年 A 的尸体已被发现。少年 A 杀死尾木之后自杀身亡。'这样的话，座间的姓名和照片将不会被公布。安纳先生无法接受这种结果。"

"是的。"安纳回答道，"被残酷杀害的女孩儿的名字和照片都会被社会曝光，而杀人犯的隐私却被保护起来，这合乎情理吗？这是不合逻辑的。所以，我才……"

他支支吾吾起来，仿佛没有下定决心理直气壮地去表达自己的主张。

"谈论有关少年犯罪的话题时，您看起来很不愉快，就像在憎恶做了那种事情的人一样。"

"可能是仇恨犯罪的一种。"现在我才明白火村对因幡说这句话的意思了。在这里仇恨是指安纳对犯罪少年怀有的仇恨。

"因为发生过一些事情。"

安纳断断续续地道出事情的原委。原来他的儿子不能去上学是因为被粗鲁的同班同学欺凌所致，他后悔自己没能制止，因此开始憎恶起所有的不良少年。为什么会出台保护这种家伙的法律呢？为什么社会把被害人弃之不顾，却只关注坏人是否能改过自新呢？在安纳的心中，仇恨的种子就这样生根发芽了。

"姓名和照片作为被害人一旦被公开，就无法挽回了。日后就算媒体报道称'第二名被害人少年 A 就是杀害尾木紫苑的凶手'，却也是覆水难收了。这简直就是一次完美的犯罪。您已经如愿以偿，现在您是什么心情？"

"我……"

安纳顿时变得哑口无言。

"……我都做了什么呀？"

"您做的事情您自己最清楚。事到如今，您可不能这样天真地说：'我只是暂且把刀藏了一天而已，凶手的指纹尚且保存完好，应该不会造成实际影响，这只是一个恶作剧。'您又不是……"

最后一句话没有说完。他是想说"您又不是孩子"吧？

"我想等过了一天之后，再把刀交给警察，做好了被严厉斥责的心理准备。我认为这么做即使牺牲了自己的声誉也是值得的，不过现在想来，我错了。"

安纳慢慢站起身来对小白说："回家了。"

"汪！"小狗可爱地叫了一声。

"我这就去警察局自首，能陪我一起去吗？这么任性，真是不好意思。"

"好的。"

我们三个人与一条狗返回到日暮迟迟的来时路上。在少年时代有过杀人未遂经历的"临床犯罪学家"又解决了一宗疑案。他曾对何人抱有过何等杀意，火村没有谈及，我也没有问过。不知什么时候，我们错过了谈论这一话题的时机。

7

在翌日的早报上，对座间剑介的称呼换成了"十八岁的少年"。从昨天傍晚起，他的名字和照片都消失了。

而安纳守之的所作所为也见报了，在那则报道中附有他的照片。

最大的新闻则是有关"阿波罗"被捕之后的后续报道。当然，他的照片没有被刊登出来。至今我也不清楚他是否就是那天在四天王寺看乌龟的少年。

在王子动物园发现坂亦清音并逮捕他的是正在巡逻中的两名巡警，他们可能会获得表彰吧。

当巡警发现"阿波罗"时，据说他正背着背包出神地盯着一只红鹤，那是一只全身通红、不能再飞的鸟。

为『雏人形』的演出

而欢笑吧

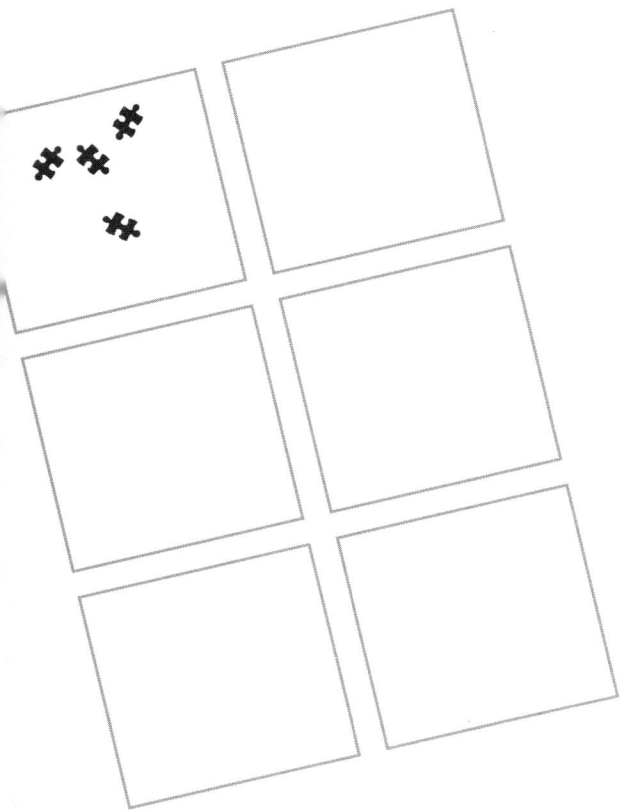

1

3月中旬已是一派春意盎然。有一天过午时分,我,有栖川有栖,正在一家常去的咖啡店里用红色水性笔在校样上修改着,我的一篇短篇小说即将刊登在下个月的《小说新世纪》杂志上,此刻我正在进行作者校对。

虽然被编辑指出有几处错误,不过都是些不难修改的小问题。

半个小时过去了,修改结束,心中的一块大石头总算落了地,但我却高兴不起来,因为预定在夏季出版的长篇小说的构思还毫无头绪。

怎么办呢?如果可以,在4月就开始着手吧。

虽然眼下还不用着急,但我不是一个能够悠然自得的乐天派。一个善于观察人的朋友说我其实是一个乐观主义者,我却不懂他如此评价的依据是什么。也许人们无法认清自我是因为"不识庐山真面目，只缘身在此山中"吧，对于人来说，自身就是一个最大的谜团。

"啊，不会吧！"

"怎么啦？"

在距我位置稍远的一张桌子旁，两名年轻的女士正在尖叫。瞥眼望去，其中一人正隔着桌子给对方看自己的智能手机。

"你快看这个。"

"啊？这是怎么回事呀？"

"我还挺喜欢这个孩子呢。怎么办才好哇？"

"好恐怖哇。"

也许是觉察到声音太大了，二人急忙用手捂住嘴，轻声低语起来，像是看到了一则令她们感到惊愕的新闻。我想也许是某个艺人卷入了某起事件，或是出了什么丑闻吧。若是如此，我便没什么兴趣。

但是，藏有毒品或是因出轨引发的轩然大波谈不上用"恐怖"一词去形容吧？也许是某个名人卷入了某起犯罪案件。

虽然我这样想着，但这种新闻也不至于让我想要拿出手机去确认一下。我不关心究竟发生了什么，如何能从这些街谈巷议中找出与离奇事件产生关联的素材去写推理小说，才是我所考虑的问题。

"差不多该走了。"两个女人说着结了账，走进初春的阳光中离去了。

我则喝着已经变得温热的咖啡，继续构思小说。

我没有乞求灵感之神的降临，而是把校样装进挎包，站起身来。

阳光令人心旷神怡，我决定边走边继续构思，同时还可以解决最近运动量不足的问题。我所住的公寓附近有几处很大的斜坡，登上去走下来的已是相当大的运动量了。

设计不出圈套来。火村经手的案件当中，有没有可供参考的呢？

我刚想到这一点，却又立刻打消了这个念头。我数次参与过我的朋友——犯罪社会学学者、英都大学副教授火村英生以实地考察的名义协助警方调查的案件，我可不想把他那副名侦探的嘴脸放进我的创作里。如果以现实案例作为小说题材，可能会产生不良影响，同时也会丧失创作激情。

设计一个什么样的圈套才好呢？

我心不在焉地走着，差点儿被从后面驶来的自行车撞到。虽然最近自行车与行人相撞引发的死亡事故已然成为社会问题，我却希望至少在人行步道上能安心地漫步。

我从建有织田作之文学纪念碑的口绳坂路上走下来，又登上爱染坂路旁边的石阶，快走到大江神社时，突然想起了在咖啡店里听到的对话。我好奇她们究竟为什么事情而吃惊，于是决定查阅一下新闻，却发现手机已经关机了，像是被什么东西碰到了关机键。我并非是一个沉迷于看手机的低头族，完全没有觉察到早已关机了。

有一个未接电话，是火村英生打来的。会是什么事情呢？我便给他回电话，心里已经有了某种预感。

六声电话铃声响过后，他接了电话，好像正身处一个喧闹的场所。能听到他身旁有人在说："把那个拿去鉴别一下。"我暗忖：果然如此。

"你在犯罪现场吧？"

这是他的专业领域。

"嗯，我从京都飞过来的，这里好像离你家不太远。两个多小时前给你打过电话，但没有打通。你出远门了吗？"

"没有，我在附近的咖啡店改小说校样，没注意手机已经关机了。你是因为那里出了杀人事件，又被大阪府警察叫来了吗？"

上午，大阪府警鲛山警部补给他打了电话。因为大学正值春假，所以他毫不犹豫地就出发了。当他抵达位于大阪市中央区的案发现场时，已经是中午 12 点半。现在时间已经过了下午 2 点，他是在路途中给我打来电话邀请我去杀人现场的。

"警察的现场勘查基本结束了，我还要在这里多待会儿。你想来就过来吧。"他用"想来就过来吧"这种话来邀请我。我问了一下地点，是一个十五分钟左右就能抵达的地方。虽然不是因为距离近才决定去，但我还是回答说："我这就过去。"

挂断电话才想起来自己没有问到底是什么案子，反正过去看看就知道了。不过警察叫火村过来，估计又是杀人案吧。

我觉得先把校样送回家再过去比较麻烦，索性直接带着校样就去坐地铁。乘坐谷町线从四天王寺前夕阳丘站出发到谷町六木站只有两站地。

到站后，为了确认场所我一边走，一边拿出手机查地图，顺便也浏览了一下新闻，有报道称在大阪市内发生了一起杀人事件。

"原来是这件事呀！"我不禁脱口而出。

让咖啡店里的女人们感到惊愕、使火村亲自出马前来调查的事情，必定与此有关。

漫才[①] **演员梅碧娜小姐（雏人形**[②]**）遇害身亡**
在其位于大阪市内的住宅内发现遗体

没听说过梅碧娜这个名字。"雏人形"是艺人团队的名称吧？梅碧娜的本名叫矢园歌穗，二十二岁。我对漫才界的年轻演员极其生疏，不清楚她究竟有多大名气，但从报道中"人气上升中的组合"一语和咖啡厅里女人们的反应来看，应该是相当引人注目的。

这是梅碧娜——矢园歌穗的照片。她留着一头乌黑的长鬈发，一双吊着眼梢的双眼令她看起来气势十足，是一名有着大姐大风范的美人。挑衅般的眼神凸显了她的强势个性，但嘴边绽出的那一抹微笑却彰显了她的和蔼可亲。我完全没有印象看见过她。

---

① 日本的一种站台喜剧形式，类似中国的对口相声。

② 雏即人偶，被日本人看作具有魔力的器具。雏人形系模仿古代宫廷人物装束制成，有天皇、皇后、宫女、乐师等多种。梅碧娜即皇后的音译名字。

我本想了解一下"雏人形"这个漫才组合的相关情况，刚开始查询不久就到了案发现场。这一带邻近大阪市中心，却幸运地免遭空袭等兵燹之灾，还保留着许多老房子，从悬挂着"好评分售中"巨幅标语的高层公寓楼上可以俯瞰这些古老的街道。我很久没来这一带了，发现随着"回归市中心"①这一进程的持续，这里新增了许多大型高级公寓。

我正想着快到了吧，拐弯一看，就发现道路中央拉起了警戒线，有很多来看热闹的人，还有一些看起来像是电视台记者的人正在进行现场直播。

我正犹豫着该从哪里进入现场，老熟人森下顺利地穿过人群向我招手。他是一位总是穿着阿玛尼西服的年轻刑警。

"有栖川先生，往这边来。"

他把我领进古老市区的一条胡同内，走到尽头又向左拐，那里有一道木门。进门穿过一个狭长的庭院后，仍然矗立着一道木门。

"这对面就是案发现场。"

即使是赫赫有名的大阪府警，也不能肆意横穿他人的住宅，应该事先征得主人的允许吧？我正这么想，听森下说隔壁就是矢园歌穗祖父的家。

"这是一栋有年头的老房子，因为是位于这一带，所以光是

① 回归市中心指随着日本泡沫经济的崩溃，地价下降，于是很多在泡沫经济时代搬离的人又返回市中心居住。

地价就达到了一亿日元左右。被害人的祖父好像留下空房子去夏威夷生活了。"

真让人羡慕。

"真可惜呀。要是在夏威夷度过余生，应该把这边的房子处理掉才对。"

"因为太靠里面，想卖也卖不出去。在电话里听她的祖父说，在买主出现之前，还不能拿它当停车场用。"

矢园歌穗二十岁的时候，父母便双双过世，她也没有兄弟姐妹，因此血缘上最近的亲人就只剩下祖父了。警方与夏威夷方面联系时，不巧她的祖父正在庭院里干活，一不小心从梯子上摔下来导致腿骨骨折，只好住进了医院。所以即便知道孙女被杀的消息也没法赶回日本，警方只能通过电话了解相关情况。

穿过里层木门，来到一个巴掌大的庭院。庭院里生长着稀疏的几株树木，用砖砌成的花坛里长满了杂草。

房子是已经老化的日式建筑，房龄看起来有五十年。而矢园歌穗的房子是水泥建造的，却是崭新的模样。面朝狭窄庭院的纱窗窗帘打开着，能把里面看得清清楚楚。火村和船曳警部正站着说话。秃头锃亮、大腹便便的警部先看到了我。

"辛苦了。有栖川先生，外面太吵了，所以就让你从后面进来了。"

"被杀的好像是受欢迎的漫才演员吧？"

森下对我的话做出了回应："虽然还算不上人气爆棚，但是用老派的表达方式来说，就是'眼下刚有崭露头角的迹象'吧。"

警部不喜欢他这种说法。

"喂，森下，'眼下刚有崭露头角的迹象'才是普通的日常用语，不是老派的表达方式。"

森下急忙低头致歉："对不起。"警部双手叉腰，点头应了一声"嗯"，然后向我询问起来："我不太了解最近的年轻漫才演员，不过有栖川先生应该知道吧？也了解'雏人形'组合什么的吧？"

"不，我对这方面也是知之甚少。"

"哈哈，是吗？那可能只是在年轻人的范围内流行吧。森下知道这些，但火村老师对此却不了解。"

犯罪社会学家身穿白色夹克，用戴着黑色手套的手挠了一下他那颗只有三十四岁却长有显眼白发的脑袋。

"就在前几天，研究室的学生们说了一些含义晦涩的话，我还以为他们谈论的是喜欢的乐队，没想到他们回答说是在讨论年轻的相声演员。最近漫才组合使用的名字真是太奇葩了，'雏人形'这种名字都算是比较容易理解的。"

"你都老了，火村老师。"

我嘲笑起听不懂学生们在说什么的副教授，副教授却反驳道："我们彼此彼此。"我们从大学开始就认识，又是同龄人，所以可以这样互相开玩笑。

火村的话虽然在理，但是漫才演员太多了，为了不与其他组合重名，只好绞尽脑汁起一个比较特别的名字。音乐人的情况应该也同样如此吧。与火村相反，每当我听到近来一些音乐组合的奇特名字时，还以为是漫才演员的呢。

"'雏人形'是实力派，他们的前景令人期待。无论被害人换成谁，都是一桩惨事。变成这种结局，非常遗憾。"森下如此评论。

　　船曳警部摸了一下他那看起来又稍稍变大了的肚皮，说道："也不算是什么离奇的事情，但是因为被害人是艺人，所以周围吵吵嚷嚷，要求尽早破案的呼声很高，于是我们立刻把火村先生请来帮忙。"

　　也许警方是考虑到这段时间大学正在放假，请火村来帮忙的话，他容易答应吧。

　　"快进来吧。"

　　警部催促道。我脱下鞋子说了句"打扰了"，便走了进去。

2

　这是一间面积约十张榻榻米大小的屋子。地板是木制的，屋
内空荡荡的。一个角落里放着一张桌子和两把椅子。桌子上放着
一个剩下一半绿茶的五百毫升的塑料瓶以及一个玻璃杯。正面的
墙壁上竖立着一块一米长、两米宽的被涂成粉色的三合板。

　"被害人在高中时代参加音乐活动，学过打太鼓。这间屋子
是专门用来玩音乐的。可能是厌倦了音乐或是放弃了，太鼓设备
早早都被处理了，现在改成练习漫才用了。桌椅虽然看起来质朴，
却是用来接待客人的。但据说很少有客人来。三合板是被害人制
作道具时用到的东西吧。尸体就躺在那边。"

　在房间的西北角——根据地图这栋房子的大门位置是朝东
的——发现了尸体。尸体位于凸出的柱子一带，稍稍靠前。犯罪

过程中，被害人和凶手可能有过互相推搡，从倒下的油漆桶里流淌出来的油漆把地板染成了粉色。看起来已经干了，不过上面残留着某个人在这里挣扎过的痕迹。

"是用来涂抹三合板的油漆桶倒了，在犯罪嫌疑人行凶时，被害人可能踢了一脚在角落里的油漆桶，或者是被它绊倒了。干了的油漆上留下了带有艺术感的痕迹，那是被害人在痛苦挣扎的过程中留下的产物。"

被害人身上沾满了粉色的油漆，身下的地板也染上了粉色，这说明油漆不是被泼在被害人身上的。

"后脑好像被什么钝器击打过，还不清楚使用的是什么凶器。额头处也有生前留下的撞击伤痕。死亡推定时间为昨夜 10 点到 12 点。"

壁纸是散乱分布着三色郁金香的细花纹图案，已经褪色了，不过刚贴上去的时候想必很华丽吧。与在手机上看到的矢园歌穗的正面照片以及她打太鼓时给我留下的印象不同，这间屋子里充满了少女的趣味。

"就如刚刚提到的，被害人的职业是漫才演员，艺名叫梅碧娜。她和一个艺名为欧比那①的男子组成雏人形组合。搭档的名字读作 Obina Yuudai，汉字写作'带名雄大'。"

"啊？"

艺名和真名没什么区别（欧比那的读音也是 Obina，与"带名"

---

① 为雏人形中天皇的音译名字。

读音相同）。

"他姓带名，欧比那的搭档若是女的，就是梅碧娜，于是用欧比那和梅碧娜组成了'雏人形'这个组合。"

原来如此，听起来真是简单易懂的命名。

"发现死者的是其所属经纪公司的经纪人以及带名雄大。梅碧娜原定于今天下午 1 点参加难波 ① 电视台外景节目的录制。另外，上午 9 点，原本和她约好在四桥事务所商量下个月的工作。不过梅碧娜一直没有来，手机也打不通。下午的工作开始后，还是没能和她联系上。于是经纪人和带名担心她是不是突然生了什么病，晕过去了，就前往她的住所一探究竟，却发现她已死去多时。"

"没锁门？"

"不仅门没锁，拉门还留下了一道缝隙。所以他们觉得很奇怪，就开门进去。"

从四桥到这里，开车十分钟就到了。如果是商量工作而没有来还好说，但是下午 1 点在电视台有工作，还联系不上的话，就很难理解，只好来她的住所一探究竟。

"两人的证词里提到他们立即报了警。接警中心接到报警电话的时间是在上午 9 点 48 分。"

这里离中央区大手前的大阪府警总部也不远。搜查一课的船曳警部小组与所管辖区的东署调查员几乎同时抵达现场。

---

① 大阪古称。

74

"我来详细介绍一下报案人的姓名和年龄。被害人的搭档叫带名雄大，二十三岁。经纪人叫佐野健也，三十岁。我们对两位分别进行了一般性的调查询问以后，先让他们回事务所去了。估计火村老师也想直接和他们对话，待会儿我们会派人带您去事务所。"

一旁的森下仿佛觉得被派去的人一定会是自己，便点了点头。火村两手插兜，低头看着被油漆弄脏的地板。

"怎么啦？"

火村没有回答我，直接对警部说："刚才那张照片能再给我看一下吗？"

"好的。"警部从西服上衣兜里掏出几张打印好的照片，戴着黑色手套的火村接了过去，我为了能看清楚也凑上前去。

照片中的矢园歌穗仰面倒在地面上，上身穿着黑色长袖衬衫外搭一件白色斗篷上衣，下身穿着紧身的黑色短裤，身上大部分沾满了粉色油漆。虽然只是她的日常便服，但感觉这身打扮就可以上舞台了。

她紧闭双眼，表情安详。如果只看脸部没有被油漆弄脏的部分，还以为她只是在打盹儿小睡。但是额头中央有瘀青的撞击伤痕，四肢极不自然地向四周伸展着，姿势古怪，怎么看也不像是年轻女士应有的姿势。

"真是惨不忍睹哇！"我小声嘀咕着。

尸体双臂伸向正侧面，胳膊肘呈直角向上弯曲着。左腿伸直，向旁边伸出的右腿却在膝盖处弯曲成直角，仿佛在做一个古怪的舞蹈姿势一样。

"如此姿势可与美人不相称哪！"

"比衣衫凌乱要好。"

火村不客气地回了我一句，警部也立刻补充道："完全没有性暴力的痕迹。只有后脑勺和前额部位有伤痕。好像没有发生过激烈的打斗。"

"头颅前后部分都被击打过，这可真要命啊。因为遭到直击和反冲均造成的损伤，脑部受到了致命打击。"

如果头颅受到强烈的外力冲击，头盖骨下的大脑会因为惯性作用而发生移动，同受打击处相反的一侧会与头盖骨相撞而受损。被害人的脑部因前后都受到了强烈的冲击而破碎了。

"从尸体的位置上来看，你能发现点儿什么吗？"

我被犯罪社会学家如此一问，觉得必须回答点儿什么。

"这个嘛……"

无须仔细端详照片，只参考地板上画的标记就足够了。

"伸出去的左腿离柱子只有十厘米左右。这说明死者被凶手击打后脑勺时，刚好站在柱子的前面。对不对？"

"嗯，你继续说。"

他没说我的推理是对还是错。

"假设真是这样的话，那么被害人当时站在柱子前面正在做什么吧？但这周围也没有挂着装饰画或海报什么的。"

火村和警部意味深长地互相对视了一下。我应该没有说什么奇怪的话吧。

"我像在考你似的，不好意思呀，有栖川。其实你来之前，我跟警部讨论过从尸体的位置上可以推论出什么。"

"哦，可以给我讲讲吗，老师？"

我挺胸抱臂，虽然这里并不是摆架子的场合。

"作案时，凶手和被害人的站立位置是怎样的呢？我们一开始认为被害人是面向柱子站立时，从后面遭到击打的。受到击打的被害人额头顺势撞到柱子上，然后仰面倒地。如果是这样的话，就要搞清楚她为什么要面对柱子站立。但是现场并没有把贴在柱子上的什么东西给剥下来的痕迹。"

"是不是要拿油漆桶？"

"她径直走向油漆桶，屈身蹲下拿起桶的话，一秒就够了。就在这时受到了来自凶手的击打。另一种假设会更自然些：被害人站在离柱子稍远的位置和凶手面对面站着。此时，情绪激动的凶手将她撞倒，被害人的后脑碰到柱子的一角，受到了致命的撞击。"

"难道这一点就足以致命了吗？这种死法也太简单了吧？"

我感到难以理解，不过警部和火村却看法相同。

"不不，有栖川先生，这是非常有可能的。刚才我不是说了'像是被钝器击打过'以及'凶器不明'吗？法医也认为头部受到了柱子一角的强烈撞击，从医学角度看，这是毫无问题的。"

若是如此，那么一开始这样说明就好了，但目前这还只是一种可能性。重新观察那根柱子，会发现有比较新的污痕，那是被害人头部被撞击后留下的痕迹。

"希望在柱子上能采到被害人的细胞组织切片，明天就会出结果。"

我向警部问道："你的意思是说碰撞的地方不妥？那么就不是有计划的杀人，而是意外伤害致死？"

"如果我们的推理成立的话，应该是这样的。"

火村立即插嘴更正了一下。

"因为我不是法医，所以不能肯定。但是正如刚才所说，脑部前后都受到撞击是很不妙的，并非碰撞的地方不妥，而是碰撞的方式不妥。"

我心中暗忖："原来如此。"继而又对警部说："后脑勺受到撞击的被害人踉跄着碰到油漆桶，倒了下去。先是双膝跪地，向前扑倒。啊，这时额头撞到地板上，这倒是合乎逻辑。"

"倒也没那么简单。"火村简短地说。

他是想再抛出一个问题，让我说说并非如此的理由吗？老师这种职业的人好像出题成瘾。

"我知道你想说什么。如果是这样，可以说明额头上为什么会有撞击的伤痕。但奇怪的是没有面部向下摔倒。因为被害人是在仰面朝天的状态下被发现的，所以是很矛盾的。"

于是，我不得不问警部："被害人是立刻死亡的吗？"

"不是，从受到撞击到死亡应该还间隔了一段时间。"

"那么，可以认为死者是在痛苦挣扎时，变成了仰面朝天的状态。"

火村似乎仍旧无法释然。

"如果是这样的话，那么与被害人衣服前后布满油漆倒的情况也吻合。不过，对后脑勺感到剧痛的人来说，不会特意仰面过来吧。"

"如果是这样的话，我们就把死者被撞倒后、后脑部受到柱子撞击的假说给抛开，被害人可能是站在柱子前面的时候，被人用钝器从后面击打。不是因为受到撞击致死，而是无可争议的杀人。"

"不对，不能说凶手有明确的杀人意图。因为凶手没有命中要害。把被害人撞倒后，没想到她伤得这么重，于是凶手见状慌忙逃走。"

"你是说从前面被撞倒，还是从后面被击打？你的脑海里正在浮现什么样的犯罪场景啊？"

"我还不能确定。"

虽然被火村如此质疑让我感到不太痛快，但是因为才刚开始进行现场调查，因此不打算追究了。

"假设是被害人把凶手叫来，在这里谈话的过程中发生口角，继而被撞倒的话，那么就可以认为二人是熟人。"

"这没问题，桌子上的玻璃杯知道这一切。"

"玻璃杯只有一个呀。"

"应该还有一个。大概是逃走的时候，凶手将自己用过的杯子洗净处理掉，或者是把杯子带走了。"

"你是不是太武断了？也有可能是被害人一个人喝的茶。"

"不能说完全没有这种可能性，但很少有人会自己喝瓶装茶的时候，从另一间屋子里拿出玻璃杯吧？"

不管怎样，肯定是被害人把凶手叫到这间屋子里的。因为屋子里没有被人翻过的迹象。

我认为如果去调查被害人在交友方面的人际关系，应该很快就能锁定犯罪嫌疑人，希望这个人数范围能小一些。

3

　　调查完被害人的家，我们坐上警车前往"雏人形"所属的经纪公司。这回带路的不是森下，而是高柳真知子。她是小组里唯一的女警，可谓万绿丛中一点红。今年三十一岁的她穿着非常合身的短裤。

　　"这次由子知真小姐带我们去，森下好像有些不满呢。"

　　"子知真"是真知子刑警的昵称。我坐在后排座位上说话，后视镜中的她连笑都不笑一下就回应我。她留着短发，透过前面的刘海儿，可以看见她那宽大的额头。

　　"森下想跟火村老师学习调查的方法，却去不了，觉得很失望。不凑巧的是，我却被认为是最佳人选。"

　　有一辆车强行插进来，高柳轻踩刹车，开启转向灯，巧妙地避开了。驾驶技术真棒。

"你是合适人选的理由是什么呢？"

"我想，因为我对漫才比较了解，警部认为对本次案件可能
会有所帮助吧。"

看起来强硬的她，没想到是漫才的拥趸，真让人感到意外。
也许因为上班累得筋疲力尽，回到家里，就想看看录制好的节目
或者租来的 DVD 来放松吧。第一次窥见她私人的一面，我感到
有一丝亲切。

"好像有很多人会看搞笑的节目来消除疲劳。"

"啊。"她发出微妙的声音，然后客气地说："虽然搞笑一词已
经很普遍了，但艺人本身称自己是搞笑的还好，旁人如果这么说
的话，就有点儿失礼了。"

"搞笑"一词含有贬义嘲讽的意思。这种叫法有贬低他们的
艺术的感觉。她对遣词造句特别敏感。

"也不是只有有栖川先生这么说，有点儿像是在挑您的毛病
了，不好意思。"

"不，没关系。那应该怎么说比较合适呢？"

"香川登枝绪先生把相声、小品、单口相声统称为喜剧艺术，
比起搞笑一词，喜剧艺术感觉更贴切一点。"

我终于理解了。她对"搞笑"这种说法有排斥感，从她能够
自然地说出大名鼎鼎的漫才创作作家的名字来看，她是一个铁杆
漫才迷。

"那么，在抵达事务所之前，子知真小姐可不可以给我们大

家介绍一下'雏人形'这个组合的基本情况呢？"

火村请真知子给大家介绍一下，他应该不知道香川登枝绪这个名字吧。向西通往长崛通的车过了松屋町筋，距离到达目的地只有五分钟车程。高柳可能意识到这一点了吧，简要地说明了一下。

"他们所属的经纪公司叫俵田企划，和吉本兴业、松竹艺能没法比，是一个特别小的经纪公司。但公司是在第二次世界大战后不久成立的，还算有历史，时不时地推出艺人。"

她列举了几名艺人的名字，继续介绍起来。

"带名雄大是在高中时代组成'雏人形'组合的，在非专业组漫才比赛中还得过奖呢。'如果想成为专业艺人，就来我们公司吧。'他受到俵田企划社长的邀请，毕业后就和公司签约了。不过职业演员这条路没那么容易，常常没有演出机会。他一边做兼职，一边努力，大概一年前开始有了人气。"

"他们开始受到欢迎是在带名刚好二十二岁、矢园二十一岁的时候吗？是在高中时期结成组合的话，他们是同窗吗？"

"啊，不是，不是这样的。"

她说不是的同时，轻轻地挥了挥手。

"'雏人形'曾经换过成员，原本是由高中同年级的同学组成的。"

据说是带名把搭档给换了，矢园歌穗是第二代梅碧娜。

"是吗？换了搭档以后开始出名了的话，也就是说矢园歌穗更好是吗？"

"因为我不怎么了解之前的梅碧娜，所以不能对此做出什么评价。矢园歌穗容貌秀丽，在舞台上光彩夺目，但她的漫才表演一般。当然，也有喜欢她的粉丝，特别是受到年轻女性的欢迎。'雏人形'组合的魅力在于他们的笑料包袱出彩以及欧比那的逗哏功夫。说实话，更换梅碧娜不是一桩明智之举吗？不过从第一代'雏人形'组合成立开始就一直追随的粉丝认为，随着欧比那的技艺不断提高，这才开始受到瞩目的。"

"你刚才提到他们的笑料包袱出彩，请问漫才的剧本是不是由专门的作家来创作呀？"

火村提了一个单纯的问题。

"能用漫才作家写的剧本进行表演必须是在成为资深漫才演员以后才可以，像他们这样年轻的演员，需要自己创作笑料包袱。带名曾在接受某杂志采访时说：'我曾经有过错误的认识，认为漫才技艺还处于业余阶段就会被观众接纳。后来自我反省觉得这样可不行，二十岁以后，我拼命学习如何创作笑料包袱，现在终于可以写出像样的剧本了。'"

听说那本杂志是漫才专业杂志，连这种杂志都买来阅读，真知子不愧是喜剧艺术的忠实拥趸。

"他们究竟表演过什么漫才，如果感兴趣的话我可以把 DVD 借给您，没准儿您会喜欢，虽然'雏人形'的专辑还没出。"

因调查杀人事件去看漫才表演，这真是闻所未闻，应该好好欣赏欣赏。火村会是用什么表情去看呢？不过，再怎么好笑也不能大笑。看着被害人生前的音容笑貌，正因为是在表演漫才，所以我感到更加悲伤。

在与御堂筋大街交会处一带稍微有些堵车，过了这里，就快到事务所所在的四桥筋大街了。在投币自助停车场停下车，从信号灯处往北走了差不多两分钟后，在一幢大楼的二楼看到了"俵田企划"的牌匾。这是一栋陈旧的杂居楼，可以猜测公司的规模。

像是电视台记者一样的人也来到了这里，在街上一边喝着罐装咖啡，一边商量着什么。我们从他们旁边擦肩而过，顺着楼梯上了二楼。

高柳一进事务所，坐在附近的女员工立刻起身走过来。在她后面，并排摆放着八张桌子，六名职员在忙着接电话。有一个劲儿道歉的，也有用恼羞成怒的口吻反过来责备对方的，现场一片嘈杂。

"是警察吗？请稍等一下。"

女职员向里面一路小跑过去，不久与一名戴着眼镜、身材矮小的男子一起返回。男子是经纪人佐野健也，他穿着设计新颖、色彩低调的棕褐色西装。

高柳说我们想对尸体被发现时的样子以及矢园歌穗的交友关系等情况再做一下了解，并向他介绍了火村和我。

"犯罪社会学副教授和写推理小说的作家。警察请这些人当顾问吗？嗯？他们不是顾问？这我可就不明白了。总之，刑警小姐应该不会带着奇怪的人过来。欧比那现在正和社长商量今后该怎么办呢，要把他叫过来吗？"

"不用，过会儿也没关系的。首先，我想请佐野先生回答我的问题。"

可能是因为个别谈话询问起来更方便吧，高柳毫不犹豫地回答道。

"是吗？那么，请到这边的屋子里来。"

我们被领进没有装修的接待室。可能是发现尸体时所受到的打击还没消失吧，抑或是为了应对后面的事情而伤脑筋的缘故，佐野看起来特别疲劳，甚至有点儿像在博取周围人的同情。

"我把今天早上的事重说一遍就可以了吗？只是再把说过的话重复一遍罢了。"

在上午9点有会议，但三十分钟过去后，矢园还没有现身，也不接电话，所以佐野就和带名一起到她家去看看究竟出了什么事。结果，发现了尸体。提议去她家看一下的人是佐野，带名当时说了句"我也去"，于是就一起过去了。

大门没锁，拉门微微开启着。这在现场也听船曳警部提到过。凶手应该是非常慌张的。

火村稍微探出身子问道："拉门确实是开着的吗？"

"是的。欧比那也看到了。记得当时我们俩还说了句'真粗心哪'。"

因为开门叫了一声也没见矢园应答，所以他们才走进门内，然后在那间房间里看到了令人惊恐的情景。

"看到那一幕，我大吃一惊，腿脚瘫软，虽然说出来有点儿不好意思，当时直接就瘫倒在地了。接着我往前爬，碰了下矢园的被油漆弄脏的右手手腕，发现已经冰凉，没有脉搏了。所以就没有叫救护车，直接报了警。没过五分钟，警车就来了。

"在警察到来前，我和带名在别的房间里等着，对这里的东西连碰都没碰一下。欧比那还慌里慌张地对我说：'这不会是无厘头节目组搞的整蛊节目吧？'怎么可能会是什么整蛊呢？真是无稽之谈。"

"带名先生没有碰遗体吗？"

高柳对微小细节进行确认。

"是的，当我发现梅碧娜的手冰凉以后，注意到她的额头上看起来有像是被打过的伤痕，觉得这可能是一起犯罪案件。所以我强烈制止带名说'最好不要碰，应该就这么放着'。不知为什么，我觉得最好把洒到地板上的油漆也保持原样。"

关于发现尸体的经过，他说除了这些就没别的了。接着，高柳把提问机会交给我们，说道："老师们有什么需要提问的吗？"于是火村从最基本的问题开始问起。

"很难想象是强盗进来了。矢园小姐遇到过什么纠纷吗？"

佐野深深地吐了一口气，仿佛可以把生日蛋糕上的蜡烛一口气吹灭。

"我想起一件事情，我觉得您还是问一下欧比那比较好。"

"好的。不过，在这之前，可以请佐野先生说一下大概情况吗？"

"失礼了，这是事关调查的重要事情，看来一定会被追问到哇。与其说是梅碧娜遇到的纠纷，还不如说是欧比那的问题——大约在一年半之前他换了搭档。"

这一点，我们听高柳说起过，许多粉丝也知道这件事吧。

但是，据说一代和二代梅碧娜新旧交替的背后，上演了一出人性戏剧。

"'雏人形'是带名雄大与高中同年级同学组成的组合，最初的搭档是一名叫小坂美野里的女生。他们在参加戏剧小组活动的时候开始感受到喜剧的魅力，不久后便喜欢起漫才这门艺术，组成了配合默契的组合。"

"换了搭档之后就开始出名了。第二代梅碧娜矢园小姐的技艺比她更精湛吗？"

"技艺方面我认为没多大差别。矢园胜在舞台扮相好以及竭力向观众展示自己想红的热情这些方面吧。人气这种东西真是很奇妙，很难说清她到底向观众展现了什么东西。"

如果我回应说"可能正是如此，小说也是一样的"，听起来像是在发牢骚，所以还是算了吧。

"不过……"经纪人加重语气说，"矢园特别努力。从她身上可以感受到'这次一定要成功'的气魄。这一点产生了效果，有很多粉丝开始喜欢她……发生这种事情，我觉得她太可怜了。要说可怜，欧比那也很可怜。好不容易要进入成功阶段了。他曾高兴地说：'终于可以买车了。请给我时间去考驾照吧。'"

"两人之间的关系非常好吧？"

"当然啦。因为两人为了实现同一个梦想齐心协力。"

尤其对已经成名的漫才组合来说，失去眼前的搭档就等同于一切要从零开始了。

"矢园小姐在此之前是做什么的？"

"也是漫才演员。她原来是'沐浴清晨'这一漫才组合的成员，不过这个组合已经解散了。"

没"雏人形"有名气，是一个完全没听说过的名字。据说那个"沐浴清晨"也是俵田企划旗下的。

"能告诉我们替换搭档的经过吗？"

"搭档的分分合合是漫才界的常态，详细情况我也不太了解，瞎说反而会引起误解，所以还是由他本人直接告诉你们如何？"

佐野仿佛在努力地用官方口吻来回答问题。我从一旁插了一句，只问了一个问题。

"发生争执了吗？"

"听说是有过争执。不过，虽然不会像一方说'不然换一个搭档'，对方回答说'好的'这么简单，但也不至于因此大吵一架，都是在互相理解的前提下才决定的。"

他说得非常含蓄，虽然最终以和解告终，但在这过程中可能有过争执。

"因为调查刚刚开始，所以还不能确定，但正如刚才所说，这起案件不像是盗贼所为。和她结仇的人，有没有能想起来的？"

他挠着头说"没有"，好像有点儿为难的样子。

"我想她应该不会遭什么人嫉恨吧。因为她还没有红到让人嫉妒的程度。什么也想不到呢。"

听说矢园歌穗说话大声，喜欢热闹，是一个比较开朗的女孩。虽然也有粗鲁的一面，但她被公认为是不招人烦的艺人。

"小坂美野里和'沐浴清晨'的搭档后来怎么样啦？"

"小坂也许对漫才这一行的兴趣没那么浓吧，之后就离开了这一行。现在她怎么样了，我也不太清楚。'沐浴清晨'的成员没了搭档，后来转行做单人表演，目前正在孤军奋战呢。"

我正觉得该向经纪人提问的问题都问得差不多了的时候，他朝门那边看了看，说道："听见欧比那的声音了。要把他叫过来吗？"

"好的，拜托了。"

被解放了的佐野松了口气，从沙发上站了起来。进来代替他的是一位头戴针织帽子、身穿针织衫的高大男子。他的眼角下垂，嘴唇很薄，微微地低下头，用与长相不符的粗嗓子说："我是带名。"一瞬间，我发现跟他并不是初次见面，不禁大吃一惊。

$\mathcal{4}$

　　发现尸体时的情形与佐野说的没什么出入。据说矢园有迟到的坏习惯，不过，如果迟到五分钟以上的话，肯定会打来电话道歉说"不好意思"。比预定时间晚了三十分钟还没与事务所联系就有些反常了。

　　发现尸体时，佐野特别狼狈，从房间里出来的时候，差点儿崴到脚。他平日冷静，不过一旦遇到突发事件，就容易慌张。

　　我一边听带名雄大和火村谈话，一边观察他。他看起来是一名极普通的年轻男子，也许是得知了他是刚出名的漫才演员的缘故，我感觉他看起来比同龄人更有存在感。他拥有一副并不悦耳但充满磁性的嗓音，对于站在舞台上或者镜头前的人来说，这是一种武器。听对方讲话时，他做出微微点头的动作，让人感受到他的真诚，可能是期待如此效果而使用了一种演技吧。

"你和矢园小姐最后一次见面是在什么时候？"

"是昨天。在吹田购物中心喝酒到傍晚6点半，然后在梅田吃了晚饭，互相道别是在7点半，到此为止佐野一直和我们在一起。没觉得她有什么异常，'明天上午9点有会''事务所见'，我们还互相叮嘱来着……"

并非去电视台、电台出演节目，也不是去曲艺场表演，只是工作结束后去娱乐一下，这在漫才界被称为"营业"，是这一业界独有的称谓，真是一个奇妙的词语。

"她没跟你商量过什么事情吗，比如，和谁有什么过节之类的？"

"没有。连被奇怪的粉丝纠缠跟踪之类的事也没听说过。"

"有没有什么虽然没和你提起过，但被你注意到的事情呢？"

"在她周围的人际关系这一点上，我认为没什么大问题。"

"接下来这个问题你的回答将非常重要。你和矢园小姐组成搭档，关系应该特别亲密，这种亲密程度有没有超出搭档的范围呢？"

带名眨了两三下眼睛。

"您的提问真是好兜圈子呀。您想问我和矢园之间有没有男女关系吧？这一点很明确，我们之间只是搭档，这么说可能会有点儿失礼，我从来没把矢园当成过恋爱对象，她也一样。"

他似乎在表示"不要对此有误解呀"。

"是吗？那么她有没有和你说起过自己和其他男子交往的情

况呢？"

"没有。因为我们只聊工作的事情。"

他在强调两人只是单纯的工作关系，不会互相干涉对方的私生活。其真伪只要调查一下周围人的证词就可以明了。

"听说您和矢园小姐组成搭档是在一年半前，在那之前一直是和一个叫小坂美野里的女士合作表演漫才。您可以讲一下更换搭档的经过吗？"

"这和本案有关系吗？"

带名第一次反问，也许是不想触碰这个话题吧。如果真是这样的话，那就更有必要追问一下了。

"这不算什么，我们必须详细地了解被害人，有关她的一切情况都想知道。"

或许觉得吞吞吐吐的话会留下不好的印象吧，带名停止了抵触的情绪，开始流畅地说起来："上高中时开始和美野里表演漫才，毕业以后就进了这家经纪公司。我认为自己有才华，肯定会红。不过，无论怎么努力也没有做到。后来我认识到必须从零开始重新学习。差不多一年半之前，我感觉和美野里之间的配合不再默契，渐渐开始无法忍受了。所以，虽然难以启齿，还是对她提出'我们还是解散吧'的要求。"

"你提出来以后，小坂小姐有什么反应？"

"她看起来很意外，逼问我：'为什么呀？因为我不中用，所以嫌弃我了吗？'其他事情还好说，但在漫才表演上绝对不能妥协。我低头致歉：'我们俩的表演技巧有不同，总觉得我们配合不默契，对不起。’最后终于说服她了。”

“真的说服了吗？也有可能她虽然没想通，却只好放弃了。”

听见火村刁难的话语，带名有些生气了。

“听着有些刺耳呀。但是如果一方开始有这种想法的话，就不可能继续合作表演漫才了。所以她只好予以理解，最终放弃了吧。”

他好像是在说服自己似的。

“与‘沐浴清晨’组合的成员矢园小姐结成对子，是你邀请对方的吗？”

“她也感觉到没什么出路了，和‘沐浴清晨’组合的矢园一起去哪儿进行‘营业’的时候，不知是谁先提起，不知不觉就谈到了这方面：‘我想换一个搭档重新开始。’她的决断极其迅速，三天之后她打来电话说：‘我得让我的搭档答应……’就这样，两边都换掉了搭档。当然，我们都和经纪公司商量过了。”

“虽然换了搭档，但你没有更换‘雏人形’这个名字。在外人看来，还以为是你踢开小坂小姐，让矢园小姐加入进来的呢。”

“这可不是我踢开她。因为矢园说：‘我喜欢‘雏人形’这个名字，所以不用换了。反正我的艺名也没人知道，从明天起就用梅碧娜这个艺名吧。’仅此而已。”

搭档的艺名是和带名的名字相关联的，因此，只要他在，称‘雏人形’是很自然的事。

“难道你没想过，做这种事情的话，对于矢园小姐还好，小坂小姐不会生气吗？”

"我得到了她的理解。"

从对方并非欣然接受这一点来看，有可能是小坂美野里无可奈何地同意了这件事情。与带名分开之后，拘泥于梅碧娜这个艺名也是徒劳吧。

"矢园成为第二代梅碧娜之后，就开始走红了，是吗？"

"也不能说美野里拖了后腿。要问到底是怎么红的？我认为也不是矢园有多么出众。可能是由于换了搭档之后，两人的心情都得以清零，得以重新开始。这可能是主要原因吧。"

我虽然没有这方面的经验，但觉得有可能会这样。想起我所敬爱的某前辈作家的一段话："乐队虽然好，但是一旦走到尽头，很快就解散了。因为，重建乐队也会成为议论的焦点。"虽然也有乐队解散之后就那样消失了的情况。

"在那之后，和小坂小姐有过联系吗？"

"一段时间内彼此再无接触。不过最近，我们发过一回手机短信，简单交流了一下。'我看电视了，你很努力呢。''谢谢。'"

"小坂小姐在做什么呢？"

"好像是一边打着各种工，一边准备考取什么资格证书。"

从他对小坂的近况不太了解来看，可以看出他对现在的小坂不太关心。与其说是冷淡，不如说带名也是为了活在当下苦苦挣扎而已。

趁着火村的提问间歇，高柳开口问道："高中时，是谁首先提出要表演漫才的？"

这个问题绝不是作为一个漫才迷出于兴趣而发问，而是为了要了解"雏人形"这个组合。

"是美野里。"

对于带名那简短的回答，高柳没有搭腔，只是凝视着对方，似乎要求对方再详细地说一下。可能是被刑警那强悍的眼神所慑服吧，他继续说了下去。

"我曾在接受杂志社采访时，不小心说漏嘴过。别看我现在这样，到高二为止却并不开朗。在中学时代，我养成了自言自语、絮絮叨叨的毛病，别人一生气就来欺负我。理所当然地，没有一个女生把我放在眼里，唯有爱管闲事的美野里关心我……"

美野里劝说带名加入自己所属的戏剧社团："社团里正为成员不足而发愁，你来帮帮忙吧。通过表演戏剧，可能带名君还会发现自己身上暗藏的潜能呢。"对于畏缩不前的带名来说，戏剧什么的完全无法想象，不过她的劝说实在太热情了，着实不好拒绝，最后恭敬不如从命，只好加入了。

"我想就算加入，也会马上就成为有名无实的幽灵成员，逐渐淡出就好了。不过戏剧真是不可思议。舞台好像被施了魔法，让我自己都惊奇的是，我竟然觉醒了。"

他迸发出的演技让小坂以及周围的所有人都瞠目结舌，舞台上的带名就像换了一个人似的。尤其是出演喜剧角色时，其演技令人为之咋舌，像着了魔似的还会现场即兴表演。不过，对其他成员来说，这样做会破坏预先设定的剧情，给大家带来麻烦。最后他在社团里被晾在了一边。

"垂头丧气的我提出退出社团，这时美野里说：'带名君，你必须要搞明白究竟什么才是戏剧。你好像认为只要把人逗笑就成功了，所以适合搞笑。比起你表演喜剧时的喧闹，我认为你还不如转行去表演漫才。'在这之前，我从来没想过要去表演漫才，但是被她这么一说，觉得应该挺有趣，突然就有了兴致。但漫才一个人可演不了，我于是就对她说：'得有搭档才行啊。你既然叫我表演漫才，就得负起责任来，要不要和我一起表演漫才？''好哇。'她满不在乎地答应了。就这样，我们的组合诞生了。'雏人形'这个名字也是美野里起的，'带名（名字读音与欧比那一致）的旁边站着像人偶一样可爱的我，那我就叫梅碧娜吧。两个人加在一起就是'雏人形'。'"

在小坂美野里的指引下，带名遇到了全新的自己，走上了漫才表演之路。如今竟然狠心抛弃了她，带名对此心存一丝歉意也并不奇怪，所以一谈到她，就变得寡言少语起来。

成立"雏人形"的过程仿佛一场青春电影，浮现在我的脑海里。

不只是作为作家发挥了想象力，还有另外一个理由。

火村对带名的询问继续进行着，我一边听着火村与带名的对话，思绪却飞向了大约两年前。

5

记得那时正值晴空万里、暖风徐徐的 5 月。

我去大阪历史博物馆参观某个特展，度过了有意义的时间后，走进了阳光里。向东北方向望去，能看到大阪城。它的东南边有难波宫遗址。我也没什么紧急的工作要做，想要悠闲地去晒晒太阳，就从法圆坂交叉路口向东南方向走去。

难波宫遗址公园是历史遗迹。乙巳之变（公元 645 年）之后继位的孝德天皇把都城迁到了难波长柄富碕宫，"日本书纪"里有关于此事的记载，但其位置在很长一段时间都成了谜。直到 20世纪 50 年代，才确定难波宫遗址就是当时的古都。

难波宫在天武天皇时代被烧毁，圣武天皇在位期间重建后又迁都于此。虽然两个时期都很短暂，但难波京却存在过。

我在电脑里输入"难波京"的读音"naniwa no miya"，进行字样转换时却出现了"浪速饮屋"，没文化也得有个限度吧。[①]

　　"现在此地是开放式公园，为使参观者能一目了然，我们修葺了早期难波宫的八角殿遗迹以及后期难波宫的太极殿祭坛。"

　　参观标志牌上有上述文字，我复习了一下，然后登上祭坛参观了一番，最后到公园边上的树荫下坐下来。这里虽然位于车水马龙的商业区中心，却绿树成荫，感觉就像是在郊游。

　　远处有一名年轻的男子在练习吹竖笛。在另外一个角落里，有一对男女手持木刀，好像在商量武打表演的步骤。他们的武打充其量也就是小朋友玩耍的水平。随风飘来的竖笛声悠扬悦耳，让人不禁侧耳倾听起来。

　　"这里真好哇。还吹着令人惬意的风。"

　　我想起了"极乐微风"这个词，不禁陶然沉醉。不对，它的含义是指酷热夏季里吹来的一阵清风吧？

　　此时，传来大煞风景的声音。就在不远处，有一对男女好像在轻声地争论着什么，恬静的氛围被打破了。我觉得纳闷儿，想要去看看究竟出了什么事，却被树丛遮住了视线。

　　"你呀，真是傻。"

　　"我傻总比你性格扭曲要好。"

　　这两个人难道是小学生吗？

　　听他们的对话，倒也不像是在吵架。如果真吵得很凶，那我

---

① 难波京与浪速饮屋读音相同。

就换个地方，我正这样想，两人的争执却戛然而止，换上一副严肃的腔调说起话来。

"我感觉衔接得还是不太好。"

"还不行吗？"

"节奏一点点地加快了。如果漫才表演没有短暂的间歇，观众会反应不过来，就不能吸引观众了。"

听到这里，我才弄明白他们在干什么，原来是在练习漫才呢。

"休息一下吧？"

"那就休息一下吧。"

脚步声离我越来越近，从树荫处走出一对男女，年纪大约二十岁，穿着普通的日常便装。不可能身穿演出服装在公园里练习漫才吧。

他们好像没注意到我从刚才就一直在这里，与我对视之后，两人惊讶之余，微微低下头去。

"你们是在表演漫才吗？在这里可以无所顾忌地自由练习吧。"

心情不错的我与他们随意攀谈起来。

"失礼了，我们没注意到您在这里散心呢。"

男人用粗嗓子说道。

"没关系，等你们休息完，再让我听听吧。如果打扰到你们，我就换个地方。"

女人摇起头来，长发束在脑后，宛如小狗的眼睛圆溜溜的，煞是可爱。

"不不不，让您离开，还不如我们换个地方。如果您不介意的话，就在这里吧。"

两人坐在旁边的草坪上，开始讨论起不足之处，都是有关如何衔接的问题。男方能言善辩，像是这个组合的核心。我了解到他们并不是业余票友，而是刚出道的职业漫才演员。

出于作家的好奇心，我仔细聆听起年轻漫才演员的对话。男人的议论理性而明智，女人的反应也很有趣。如果当时我很忙，可能会在适当的时候离开，不过恰巧那时我正有空闲。

尽管如此，我觉得如果我不在场，他们练习起来会更自在吧，于是就打算起身离去。他们却先我一步站了起来。男人对我说："如果可以的话，能麻烦您看一下我们的表演吗？如果能再谈一下您的感想，那我们就太高兴了。"

"拜托了。"女人在胸前双手合十请求道。

我不一定能说出太多的感想，但由于对二人抱有好感，就应承了下来。

"那么我们就开始了。"

他们并排站立，摆出一副滑稽的姿势打起招呼来。

"你好。欢迎光临，我是……（余下的部分听不太清楚）"

"我是……（听起来像是在说'我是海老名'），你好。"

重要的人名发音模糊，让人听不清楚，这一点不太好。他们的基本功还是不太扎实呀，我暗忖。接下来，两人却又变得巧舌如簧起来，我被他们那节奏恰到好处的有趣表演吸引住了。

"我们是高中同学呢，真让人高兴啊！"

"不过，我们可没把对方当成过异性。"

"是的。比起双方的结婚对象，我们之间的相处时间会更长。因为，从今以后我们会一直在一起表演漫才。"

"不过，我可不想和你变成夫妻去表演漫才。"

"不会的，用不着担心。总之，我的梦想是当一辈子的漫才演员。春蚕到死丝方尽，蜡炬成灰泪始干，死于舞台是我的夙愿。"

"做一辈子的漫才演员、死于舞台什么的，我感觉是非常老土的说法。"

"是吗？"

"你年龄不大，却像个老头子，从高中时起就穿着短衬裤。"

"短衬裤有什么不好？舒适又凉快。"

"你在音像室里打算播放 DVD 的时候，一副手足无措、慌里慌张的样子。"

"我不就是稍微慢了一点点而已嘛。"

"数学和英语都学得一塌糊涂，但唯独日本史学得好，恐怕你亲身经历过'应仁之乱'等历史事件吧。"

"没有，没有。"

"虽然我们是同学，但你是不是隐瞒了真实年龄啊？"

"那你看我有多大年纪？"

"隔壁班的同学说你是给卑弥呼洗尿布的。"

"我可不是邪马台国时代出生的！"

在这个部分我稍微笑了笑。我认为还是男生的衔接分寸掌握得比较好，他处理得收放自如、缓急得当。而女生则令人稍感单调乏味。

"我热爱漫才，一直到死都想表演漫才，难道你不明白吗？"

"前几天回家晚了，我就坐出租车回去了。"

"突然转换话题了呀？"

"上车一看，司机是上了年纪的人，说了一番和你一样的话。"

"是吗？"

"他说他这一辈子都是出租车司机，到现在已经开了五十多年了。"

"五十多年吗？这可是一个人的一生啊。那他得目睹多少乘客的喜乐悲欢哪！"

"他说他想一直当司机，直到握着方向盘死去。"

"那可不行啊！"

他们的漫才表演到这里达到了高潮。从抖包袱的中间环节开始到后半部分，虽然有点儿没掌握好节奏，但不愧是初出茅庐的职业漫才演员的表演。表演结束后，我向他们鼓掌，两人不好意思地向我道谢。

"挺有意思的。我虽然是个外行，但觉得噱头不断，情节连贯，还挺喜欢的。"

"真的吗？这刚好是我们比较在意的地方。"

"听您这么一说好高兴啊！"

在晴空下沐浴着清新的风，我度过了大约五分钟的快乐时光。

但是，仅此而已。"希望你们能走红。"我虽然祝福了他们，却连他们的组合叫什么名字都没问。如果没有什么机缘的话，可能不会再次想起这次短暂的邂逅。

6

离开俵田企划时，我看到门旁边的架子上放着宣传海报，就拿了一张。上面有带名和矢园的照片，二人一副"雏人形"的打扮，从脖子以下部分是漫画风格的插图。海报标题为"为雏人形的演出而欢笑吧"。

他们原定于 4 月初在美洲村的"自由空间"举办活动，终于可以登上憧憬已久的梦幻舞台了。不料，年轻的女漫才演员竟惨遭不测，让人更加感到悲伤。

离开事务所后，我们驱车前往下一个目的地。我们拜托带名与小坂美野里取得联系，现在要去她那里了解情况。在车上，我把在"雏人形"还没走红时，曾偶遇过他们的事说给大家听。

"也就是说有栖川先生见过小坂美野里了。真是好巧哇！"

高柳正说着呢，火村一本正经地插了一句："他是个大闲人，所以很容易就能让他答应做特约评论员。"

被他说中了，我无法反驳。

高柳接着转换话题说道："刚才欧比那说的话，大家觉得怎么样啊？我认为最后的部分值得我们注意。"

带名说自己对矢园歌穗的男女交往关系和烦恼不太了解，但当被问及矢园在工作上遇到过什么麻烦没有，带名却回答说她与经纪人之间关系不和。当他察觉到这是在向刑警不打自招时，慌忙附加了一句"这是常有的事儿"。

"可以这样设想一下：我听说梅碧娜有时盛气凌人，讲起话来蛮横无理。随着名气的增长，脾气也渐长，经纪人为此极不愉快。然后在某一天，因为某种缘故突然被激怒，就撞了她一下。"

"果真如此吗？如果两人之间关系紧张的话，那么她就不会让佐野到自己家里来吧？更不会在深夜让他过来。"火村按常理分析道。

"也许是因为吃过晚饭后，突然出了要商量的急事，因为谈话氛围和睦，二人开始和解，于是才把佐野带到她家里的。"

"这种臆测是没有根据的。即使两人合不来，但因为是艺人和经纪人的关系，在大部分情况下佐野应该都会忍受吧。就算佐野有可能是个一旦被揭开面具就恼羞成怒的男人，那也无法怀疑他。"

高柳好像也很认真地认为不可怀疑佐野，肯定地附和着火村："是呀。"

"不过，为了以防万一，对佐野健也要好好调查一下。或许能查出什么来。"

如果矢园歌穗是在深夜邀请对方来自己家里，那么与对方的关系应该是相当亲密的。我想，带名雄大应该也算是关系亲密的人物之一，于是就提了一下。

"请大家想想，正当'雏人形'组合好不容易才要走红的时候，是否会对重要的搭档动粗呢？况且，经纪人还证明说，二人的关系非常好。"

说得有道理。

梅碧娜的身边好像也没有什么可疑的粉丝。就算有跟踪狂这种危险人物，被害人也不会把这种家伙带到家里来。

说起来矢园歌穗也不一定就是作为漫才演员名人被杀的。在她的私人关系中，可能与谁正处于剑拔弩张的状态。还有就是……

"被害人的住宅谈不上是豪宅，但是地价高昂，是一笔相当大的资产。她是一个刚出名的漫才演员，却也是一个资产家，说不定在那方面（指资产）遇到麻烦事儿了。"

"在那方面遇到麻烦事儿了"是一句连我自己都觉得含义暧昧且复杂的表达方式。

"森下君正在调查。据矢园在夏威夷的祖父说：'我对她工作上的事情不太清楚，另外在她身边应该也没有什么麻烦事儿呀？没听歌穗提起过。'"

如果是这样的话……

那么我们接下来要见的小坂美野里，就是对矢园歌穗怀有怨恨之情的候选人之一。从高中时代起就与带名一起奋斗的她，最终却被带名单方面宣布自己不是一个合格的搭档，心里一定很难过吧。再加上带名和第二代梅碧娜结成漫才搭档后，仅过了半年左右就出名了，她内心的悲伤和愤怒非但没有减少，反倒与日俱增。她那憎恶的矛头没有指向带名，而是指向了矢园，最终导致悲剧的发生。

这是一个让人高兴不起来的假设。两年前的5月，虽说我曾见过小坂美野里，却几乎和在大街上擦肩而过差不多，连她长什么样都没太记清楚，不过她给我留下了不错的印象。我真不希望她就是凶手。

在长崛路向东掉转方向后，高柳在十字路口向右打方向盘，汽车驶入了松屋町。这里鳞次栉比地矗立着各种玩具店和老字号"雏人形"店。直到上个月，各家店面还被"雏人形"装点得绚丽缤纷。已经过了3月3日女儿节，现在都换上了5月5日男童节的娃娃和鲤鱼旗。

车子稍稍向前又开了一段路，左转后在投币停车场停下了。

"真是好近哪！"在小坂美野里的单间公寓前，高柳说道。这里距离矢园歌穗的家不到两公里，即便是女人步行走过去，不到半小时也就到了。

今天不用打工，小坂在家休息。带名打电话联系她的时候，她正在观看电视上播放的与本案有关的新闻报道。我以为她会在附近的某个咖啡厅和我们见面，没想到她担心隔墙有耳，希望在家里与警方见面。

她住在一栋没有电梯的五层公寓里。我们登上三楼后，高柳按下了 303 号房间的门铃，对里面的人说："我给您打过电话。"门被稍微打开，露出了一条缝隙。高柳出示了证件。在确认警察证件上的徽章以及证件照片与来人无误后，主人才把门打开了。

　　"我想，如果是女警的话，那就方便说话了。"小坂美野里客气地说。

　　她好像不太喜欢女警后面站着的两个男人。高柳字斟句酌，郑重地向她介绍了我和火村的身份。

　　"女刑警、犯罪社会学副教授还有推理小说家……好厉害的一个组合呀！"

　　确实，就算搜遍全世界也找不到几个像这样的三人组合。

　　"请进。"她把我们领进房间。屋子收拾得整洁干净，仿佛不必匆忙打扫，可以随时招待来访的客人似的，看来她有经常打扫房间的习惯。我有心模仿，实践起来却非常难。

　　"其实也没什么客人来我家，父母在东京与我的哥哥嫂子一起住，不常来大阪，而且也没有什么能叫到家里来做客的同性朋友或者是男朋友。"

　　她要给我们倒咖啡，我们谢绝说不用了。于是她给我们倒了瓶装的茶水。娇小的脸蛋配上樱桃小嘴，这才是梅碧娜呢。束起的长发披在右肩上，乍一看去，确实是在难波宫遗址公园曾见到过的那个漫才组合中的一员。

　　她似乎完全忘记了我们曾有一面之缘这回事。

　　"出了这么大的事，真是吓我一大跳。"

我们四人围坐在矮小的桌子前，小坂用老实的口吻谈起话来。看起来她怜悯被杀的矢园歌穗，并为带名的厄运感到痛心不已。

　　"诸位好像要听我说些什么，不过我所说的不会对你们有帮助的。"

　　为了安抚小坂，高柳说道："我们想挨个拜访所有认识矢园的人，顺便问一些问题。我们想向矢园以前的同事们了解一下她的情况。"

　　"是吗？但是我又没有和矢园小姐结成过漫才搭档。要说起来，我认为你们还不如去见她以前的搭档伊场。"

　　我们与矢园在"沐浴清晨"时期的搭档伊场裕伸约好了待会儿见面。他在神户福利院义务表演完漫才后，6点之后就能返回事务所。

　　"我不太了解矢园小姐，除了知道她比我长得漂亮，相声说得好以外。"

　　这种自嘲似的说话方式是极不自然的。好像对矢园的事情并不是真的不了解，而是不太想说。

　　虽然我们知道这次来访让她感到郁闷，但还是得问一下有关她和带名解散漫才组合的事情。小坂抑制住自己的感情，淡淡地回答："十七岁的时候，我们怀着玩玩的心情走上漫才之路。为了成名，我努力拼搏，却突然被炒了鱿鱼。虽然我深受打击，但这又不是游戏，而是带名君深思熟虑后的决定，所以也没办法了。我们又不是恋人关系，所以我没有哭闹着说'不，不要分开'，而是回答说'真没办法'，就接受了这个事实。"

"你没想过要找一个新的搭档吗？"身为漫才迷的女刑警问道。

小坂爽快地回答："没有。我对自己也死心了。我和带名是怀着延续学生时代社团活动的心情来表演漫才的，所以无法与其他人组成组合。以前，我希望让所有人都开怀大笑，让大家开心，至少在看我们表演漫才的时候，能让观众产生一丝幸福感，但是现在，我对这些已经感到疲惫了……"

她这么年轻就已经产生了疲惫感。我想，漫才艺术可能比我想象的要更耗费人的精力。

高柳接着问："矢园歌穗对成为新的梅碧娜，难道一点儿抗拒感也没有吗？"

"她应该是觉得理应如此吧。我们和'沐浴清晨'组合一起表演的机会很多，可能带名君当时也留意过矢园小姐。那阵子，'沐浴清晨'组合也陷入了停滞不前的状态，所以矢园小姐可能欣然接受了他的邀请。"

"带名先生可没有说是自己邀请了矢园。而是用'不知道是谁先提起的'这种措辞谈到这件事。"

"哦，是吗？无所谓是谁。说实话，我不想研究这个，因为结果不会改变。"

火村问她是否知道矢园歌穗的家在哪里。

"离这里很近，是吧？我虽然向带名问起过她住在哪儿，但不知道具体位置。难道你们认为我会跑到矢园小姐的家里和她吵架泄愤吗？我不会做这种事情的。我不是那种怀恨在心的人。"

"最近，‘雏人形’组合的名气在不断上升，在大阪地方电视台登台演出的次数也增加了不少。你会看他们的节目吗？"

"不会。我不怎么看漫才节目。"她犹豫了一下，重新回答说，"有一次，我在电视上看到过他们在表演漫才，就给带名发了个短信过去，说‘你很努力呢’。从此之后，就再没看过。我在电视上看到‘雏人形’组合就会换台的，并不是我憎恨或是嫉妒他们，而是一想到在矢园小姐之前的那个梅碧娜就是我，但是我的水平太差了，就感到脸上发烧，觉得羞愧，所以才不看的。"

"对漫才已经毫无留恋了吗？"

"还剩下一点点吧。"

在我还没想到问这种问题究竟有什么意义之前，就顺势问道："关于带名先生和矢园小姐，当然我也不太清楚，但是抱有这种印象：带名先生做事果断，稍显冷漠；而矢园小姐稍微有些厚脸皮，没错吧？"

我对带名之所以怀有这种印象，是因为把曾经消沉的他带入漫才世界的恩人是小坂，而他为了成功竟然狠心地甩掉了她；觉得矢园有些厚脸皮，是因为除了她接替小坂的位置继续使用同样的组合名称之外，她还不遵守约定好的时间，经常迟到，出名之后脾气也见长。

对此，小坂给出了无懈可击的完美回答。

"我感觉您像是在算卦。每个人都会有这样的一面，听起来虽然没有错，但我并不觉得正确，尤其是对带名君的看法是错误的。他做事并不果断，而是一个优柔寡断的人，容易受他人影响，懦弱，容易被人牵着鼻子走。所以旁人要是不了解的话，就会对他产生误解，以为他是一个狠心的人，做出这种事情还满不在乎。"

"原来如此。即使有栖川说得对，也不过是对谁都适用的'巴纳姆效应'而已。"

火村使用心理学术语对小坂的回答表示肯定，高柳迅速地在笔记本里记下来。她应该不会把"巴纳姆效应"这个术语也写上去吧？

继而，小坂抢先一步，把我们想知道的事情都说了出来。

"如果是带名君被杀，不知道会怎样，矢园小姐遇害后，刑警小姐到我这里来，说明我是被怀疑的对象。如果是电视剧的话，会让我说出不在现场的证明吧。看电视报道，矢园好像是在晚上被杀的。但是昨天，我打工的杂货店店长要离职了，所以打烊以后，我参加了为店长在梅田举行的送别会。聚会在9点左右开始，12点之前结束。当我回到家时已经是晚上12点半左右了。其他人在聚会结束后，又去唱卡拉OK，但是我因为喝醉了，就没有去。有六个人可以为我证明。"

高柳把她打工的地点以及举行送别会的酒馆名字记了下来。矢园歌穗的死亡推定时间为昨夜10点到12点。如果所言不虚，那么小坂不在现场的证明就成立了。

刑警对配合调查的小坂表示感谢。

小坂最后问道："警察……不会怀疑带名君吧？"

"为什么你会那样想呢？"

"因为他是矢园身边联系最紧密的人哪。不过，他正为失去搭档而消沉，又因此受到怀疑的话，那也太可怜了。"

"我们没有怀疑带名先生。他的搭档被杀了，他也属于受害者，不是吗？"

小坂并不相信这些花言巧语。

"你们不是也在调查他不在现场的证明吗？"

"是这样的，正在调查所有相关人员昨夜的行踪。"

"带名君有不在现场的证明吗？"

"目前还在调查中，关于调查内容无可奉告。"

"因为担心，我才问的。他不是能杀人的那种人。更何况，不会对重要的搭档下此毒手的。"

当她觉察到高柳是个嘴严的人之后，说出这样一番话来："这听起来有点儿像是在搬弄是非。我认为与其怀疑带名，不如去调查伊场。因为矢园小姐提出解散组合时，伊场曾大闹一场，气愤地说：'你这样做，也太任意妄为了吧？'歌穗小姐只好拜托社长去说服他。由于他是个很固执的人，应该对'雏人形'组合的走红感到厌恶。"

虽然她加强语气进行强调，但并不足以让我们对伊场产生怀疑。因为我们的看法相同——小坂美野里容易情绪化。

7

　　我们在 6 点之前返回了俵田企划事务所，伊场裕伸已经回来了。他是一个肩膀宽阔的高大男人。虽然如此评价在福利院做义务演出的他有些对不住他，但他那有威慑力的眼神令人害怕，如果在夜路上与他擦肩而过，可能会感到紧张吧。

　　他比以前的搭档矢园歌穗大三岁，今年二十五岁。

　　在接待室的沙发上刚一落座，伊场就叹了口气："歌穗真是好可怜。我不知道她和谁之间出了什么事，竟然落得如此下场。死后还要被警方和舆论打探她的私生活——不，被警方调查是没办法的事情，希望警方多加努力，早日抓住凶手。"

　　"好的。我们会竭尽全力的。希望您能配合调查。"

　　听到高柳这样说，伊场晃动着他那魁梧的身躯，换了一个坐姿。

"我会配合的。请尽管问吧。"

从矢园歌穗的为人，到她的近况，以及就伊场所知范围内有关她的人际关系等情况，高柳一一加以询问。在伊场看来，矢园比较任性，有时还喜欢打小算盘，却是一个拼搏向上的女性。

"她虽然逞强好胜，但也不是到处树敌的人，听说她被杀，我真是大吃一惊。"

据说他和矢园在同一家便利店打工时，都以成为漫才演员作为奋斗目标。当他们懵懂地梦想成为漫才演员时，恰好遇到了彼此，意气相投，于是结成了对子。

"那是在三年前，我们齐心协力，为了成功而努力奋斗。没想到竟然是如此结局，实在让人想不到。"

他们是在三年前结成搭档的话，是比带名和小坂晚一些的漫才界后辈。

"听说你们之间只是工作上的关系，不过，是否有一方对另一方产生了爱慕之情呢？"

高柳的提问非常敏感，伊场立即回答："没有。"

"问问事务所里的其他人就知道了。我虽然恋爱经验丰富，却经常被女孩儿甩。每当这时，比我小三岁的歌穗总是两手叉腰，来诘问我。她在事务所里故意大声地说话，好像想让大家都能听到似的。'漫才演得不好，活该你被甩。如果一下红起来，钱也赚得多，成为名人，那时候女孩儿会排队过来供你挑。以这个为目标，你必须加油哇！'"

他用女人的声音学矢园说话，令高柳深感佩服。

"真棒，学得真像。"

"噢，原来你知道哇？刑警小姐，你看过歌穗演漫才吧？"

"是的，在电视上看过。"

听到高柳的回答，伊场不禁脸色一沉。

"你知道的一定是'雏人形'组合里的梅碧娜。那倒也是，因为在'沐浴清晨'组合还存在的时候，我们从来没有上过电视。"

"为什么你们的组合解散了呢？"

高柳问了一个更加敏感的问题。

"也没有什么特别的原因。你打个电话问问在阴间的歌穗吧……看来是做不到了，因为，我们在阳间。总之是看到俺才能有限，最终就用既能搞创作又有幽默感的带名把俺取代了。因为那个家伙曾说过，她就是拼了命也要成为有名的漫才演员。可能觉得有点儿抱歉，她双手合十，对俺说了声：'对不起了。'"

在这段话里，他把"我"说成"俺"，把歌穗称为"那个家伙"。

"你一定很生气吧？如果是我的话，仅仅一句'对不起了'，我是接受不了的。"高柳诱导似的问道。

"我确实挺生气的，也发过火。不过，虽然有不满，但是我觉得这样下去可不行。不是我自夸，我早已习惯了被甩，所以明白和她已经无法再继续下去了。从旁人角度看，可能觉得我们大吵了一架，甚至需要惊动社长来调解。不过，那只是作秀给别人看罢了。因为我不想让周围人认为我是一个被别人看扁了也不会生气的男人。"

虽然我并不相信他所说的话，但是觉得男人可能会有这种心理吧，就微微点了一下头。伊场顿时眼前一亮，高兴地说："啊，您能了解我的心情吗，大和川先生？"

　　他把我的名字搞错了。借此机会，索性我把名字改成大和川大和好了。

　　"矢园小姐似乎特别努力，其原因何在呢？"

　　火村对此表示出了兴趣。

　　"归根结底，她就是想出名。那家伙虽然父母双亡，但祖父有钱，即使没走上漫才表演这条道路，也不会为生活所困。在超市打工也只是赚点儿零钱，顺便了解一下社会而已。也许她是想用自己的实力去赚大钱吧。或者是对能使人快乐的工作产生了浓厚的兴趣。总之，歌穗梦想着通过漫才表演，有一天能够成名。她曾说过：'只要把大家逗笑了，就是胜利。'"

　　"那么她要胜过谁呢？"

　　"胜过大家呀。那家伙有时有点儿任性，所以从小学到高中，好几次受到过别人的欺负。向老师告状也没什么用，但后来她用自己的力量解决了。'把爱欺负人的孩子逗笑了的话，诅咒就被解除了。'她觉得如果靠装傻去逗大家笑，没准儿会被当成傻瓜，更加受欺负。如果用幽默机智的语言把大家逗笑，不但不会被当成傻瓜，还不会被欺负，这样就可以胜过对方。她觉得这种胜利感让她难忘，所以才会说'只要把大家逗笑了，就是胜利'。"

　　她是想在这残酷的世界上立于不败之地，是这个意思吗？太宰治的小说《人间失格》中的主人公（以太宰治本人为原型）故意装傻逗大家笑，以此避免周围的人的敌意。而对矢园歌穗来说，她的搞笑更加积极，从防御性武器转换成了攻击性武器。

"只要把大家逗笑了，就是胜利。我自己也觉得确实可以这么说。我倒是没有把爱欺负人的孩子逗笑的经历，但从别的意义上讲，不知从什么时候开始，知名漫才演员和女明星结婚的例子变得越来越多了。我爸爸说这在过去是无法想象的事情。我觉得这可太了不起了，受欢迎的男性种类正变得越来越丰富。"

男人受欢迎的种类在以前极为有限——外表帅气，有经济实力，身材魁梧健壮，是条硬汉，有某些才能等。也有看重家庭背景的时代，不过进入现代，变成大众社会以后，看重家庭背景的越来越少。现在受到女人瞩目的男人的类型也增加了不少。以前，只限于学问、艺术以及音乐歌舞等领域，现如今，能把人逗笑也被纳入其中。曾有过"他是一个有趣的人，但不适合当恋人"这种时代，而如今幽默的男人真正受欢迎的时代已经到来了。

"对于雄性来说，如何捕获雌性的芳心是一个重大课题。只看重帅气、有钱、身材健壮、有无才华的时代真是太难熬了，这不是既单纯又野蛮的时代吗？随着受女人欢迎的种类越来越多，这表明人类正走向文明，或者说，人类在进化。因为少言寡语而受欢迎，因为是宅男而受欢迎什么的，如果种类再增加一些的话，那就更好了。哦，我要说明一下，暖男呀、诚实的男人受女人欢迎度很高，但是这些只是最基本的前提条件。'亲切又诚实'之后还具备什么条件，这才是问题的关键。"

真是一番高论，我又点点头。

"女性又是什么情况呢？如果女人受欢迎的种类能增加的话那就好了。"单身的高柳说道，她究竟有无恋人还是个谜。

"我认为这也应该增加了吧。男性和女性的情况不同。不管怎么说，动物也好，昆虫也好，是由雌性来选择雄性。雌性受欢迎的条件不像雄性那么严苛。当然，如果就是要找某种人的话，可能会有点儿难，但这是没办法的事情。"

他正在东拉西扯的时候，火村突然抛出一个尖锐的问题，问他是否有昨晚不在现场的证明。

"还是被您问了这个问题呀。我第一次经历这些，有些不知所措。我整理了一下回到事务所之前的记忆，可以好好回答这个问题。不过，我有点儿紧张，可以抽根烟吗？"

我看他不是因为紧张，而是怀念起尼古丁的味道了。得到高柳的同意后，伊场从办公室里拿来了玻璃制的烟灰缸。

"这间屋子不禁烟，可以为想吸烟的客人提供烟灰缸。老师，您也来一支吧。"高柳亲切地劝道。于是，火村拿出一支自己最爱抽的骆驼牌香烟。面对桌上的烟灰缸，他的心情应该像在沙漠里见到绿洲一样吧。

"昨天我在堺市市内有营业工作，喝了些酒。傍晚6点之前营业结束。佐野姑且算是我的经纪人，但他昨天和'雏人形'组合在一起，营业是我一个人去的。坐电车回到难波后，我在难波CITY吃了晚饭，之后在日本桥的二手DVD店里闲逛淘宝，这不是爱好，而是我的副业。因为我眼尖，总是能从限制级恐怖电影、AV等各种DVD中找出值得拿到网上卖的，去赚点儿小钱来贴补生活费。我是不是很拼命？因为没有什么收获，所以9点半左右去了女仆咖啡厅，去那里也不是因为感兴趣，而是为了寻找笑料去的。在店里，有一个女仆冒出来说：'我的志向是成为喜剧人。'她很狂妄，看不起我表演的漫才。虽然那个女仆挺可爱的，但我还是很生气，竟敢小看我？于是就和她互相嘲讽起来，到了12点时，咖啡厅关门了。由于晚饭没吃饱，我就去拉面店吃了碗拉面。回到吹田市内的公寓时已经是12点半以后了。"

说着，他从钱包里掏出DVD店和女仆咖啡厅的收据给我们看。拉面店不开收据，所以他拿不出来。少了这一项，无法证明他昨夜不在现场。即使能证明他于11点半前后在日本桥一带吃过拉面，在12点之前应该能从拉面店赶到矢园歌穗的家。我们希望他能拿出证据证明自己是在12点半前后回的家，但他好像无法证明。

"不知道能否成为不在现场的证明，我问心无愧，请你们仔细调查吧。"

"好的，我们会认真调查的。"

高柳应承着把两张收据夹在记事本里，并询问了拉面店的名字和周边的场所。

"伊场先生，有人认为你往好里说是一个有毅力的人，往坏里说是一个固执的人。您对自己是怎么看的呢？"抽着骆驼牌香烟，火村询问道。之所以把"往好里说"这句话放在前面，是为了缓和一下问题的尖锐性。

"可能我有点儿固执吧。我想在漫才道路上成名，这种想法

120

特别强烈。在当今社会，像我这种一无所有的年轻人想往上爬，只有这条路可以选择。在别人看来可能只是搞笑的，但对我来说，这却像是一场革命。"

伊场回答的时候，眼神特别认真，看起来都有些令人感到害怕。

日本正在变成泾渭分明的阶层社会。在已经阶层固化的英国，劳动阶级要想上升至上流社会，只有当摇滚明星或者成为足球运动员。但在日本，除了当音乐人或者是职业体育运动员之外，还有一条道路。

"你有没有固执地怨恨矢园小姐，或对抢走她的带名先生耿耿于怀呢？"

"没有。对带名发火也没有用啊。他见我的时候有些不好意思，不过我想对他说：'我可不是那么小气的男人。'——老师，您抽烟看起来抽得很陶醉啊。您是不是忍了很久啦？"

被说中的犯罪社会学家很有礼貌地向他表示感谢。

"非常感谢您把烟灰缸拿出来。"

"现在吸烟的人都成了过街老鼠人人喊打了。我爸爸说：'以前，在郊外的电车上都可以吸烟呢。'真让人神往啊，那是怎样的一幅场景啊！"

我想起火村将于今年5月出席在意大利米兰举行的国际犯罪学会议。

"不久将有一个巨大的考验在等着你。连去意大利都不能抽烟，是不是太痛苦啦？"

被我如此揶揄，他气得怒目而视。

"啊，从这里的机场办理完登记手续后到出米兰的机场，时间很长啊。光坐飞机就要十二个小时以上，只能喝咖啡，这也太痛苦了。以前连飞机上都有吸烟席呢，如今这已成为难以想象的奢侈了。"

"难道这就叫作奢侈吗？"

"如果有吸烟者专机就好了，连乘务员也是吸烟者，这样就不会有人抱怨了。"

"坐在飞机驾驶舱里的机长也叼着烟卷开飞机。"

"机长抽雪茄的话，会更有威严感。起飞之前在机舱内把机长抽烟的视频播放一下就可以了。机长叼着雪茄竖起大拇指说：'Hello，我是机长丹尼尔·霍普金斯。'这样就可以拉近和乘客的距离。"

"丹尼尔·霍普金斯是谁呀？"

虽然我觉得在调查杀人案的时候，不要进行这么白痴的谈话为好，但还是忍不住说了起来。高柳说她要休息一下，就喝起茶来。

"不过要是真有吸烟者专机，能坐满乘客吗？被二手烟熏，连吸烟的人也受不了吧？"

"如果担心乘坐率不高的话，可以换成小型机。如果这样也不够成本，还可以在机身上做广告。"

"做什么广告？"

"肯定是关于香烟的广告哇。现在禁烟风刮得这么严，世界各国对烟草广告都管制得特别严格——不允许在电视上播放，不让刊登在报纸上，车站海报上也不可以有，就连沿线广告牌上都不让做广告，所以就希望能在吸烟者专机的机身上做广告。你看，在飞往迪拜或开罗的航班机身上做骆驼牌香烟的广告是不是很合适？"

"如果那样的话，得在广告上面加上那句警示标语。准确的说法我记不清了，好像是'吸烟有害健康''吸烟会提高肺癌或肺气肿的患病概率'之类的吧？"

"才不要写这种多管闲事儿的警示标语呢。在飞机上写的话，就写别的标语。仿照香烟烟盒上的句子在专机上改写一下就可以。"

"那该怎么写？"

"吸烟有害飞行安全，将提高飞机坠机概率。"

"噗！"高柳把嘴里的茶水喷了出来。

伊场目瞪口呆地看着我们，然后非常佩服地说："老师们的……漫才表演得真好哇！"

8

　　我们终于结束了与伊场裕伸的谈话后，走出会客室，这时俵田社长过来，想要向高柳询问一下案件的相关调查情况。

　　社长身材标准，不胖不瘦，有着一头与船曳警部相似的"浓密"头发。对这次事件，他仿佛非常痛心，不仅为失去正要走红的漫才组合而深受打击，一想到"梅碧娜实在太可怜了"，他就忍不住落泪。

　　高柳没有把调查情况告诉他，其实也没有什么可说的。不过，高柳想利用这个机会，从社长那里再获取一些信息。

　　这时，佐野走了过来，火村和他站着聊起来。我无所事事，一会儿看看贴在墙上的艺人海报，一会儿翻翻摆放在书架上的漫才杂志。事务所的女职员给我拿来一本过期的杂志，杂志封面上

124

有"雏人形"组合的名字。

此时,我的电话铃响了,一接电话,原来是片桐编辑。片桐反馈说仔细读了一下我修改好的短篇小说,在结尾处又发现了几处不合逻辑的地方,让我再修改一下。

修改倒是没问题,但如果这样的话,连前面几个地方也要跟着改,有些麻烦。稿件必须在明天用宅急送寄给他。我原本打算和高柳一起回到东署调查总部,但现在只能改变计划了。虽然校样装在我的皮包里,但还是回家对照着资料修改比较方便。

听说我有事,火村干脆地说:"是吗?那你还是以你的正事为主吧。如果调查会议有什么结果,我明天就告诉你。"

"啊,等一下。现在还没到 7 点……"我打算买个盒饭回家,吃完饭再去修改稿件。"今天之内我就能结束工作。调查会议结束后你到我家里来吧。虽然我家里有点儿乱。"

我把事情这样安排了一番后,就急忙回家开始我的工作。

我用红笔进行校对时,想起了案件相关人员的话,手不知不觉地停了下来。红与不红的界限究竟在哪里?逗人开心的工作难度到底有多高?一无所有的人的成功之路到底在何方?等等。

他们的艺术与我的工作既有相同之处也有不同之处。相同之处是,即使对方并没有要求这样做,也想使对方心情舒畅,就如同价值如果被肯定的话,自己也要获取相应的回报一样,为此有着无穷的创作欲望。但是优秀的作品不受欢迎,而并不优秀的作品却大受欢迎,这种情况并不罕见。

不同之处是,用何种形式才能使受众接受。在曲艺表演中,如果觉得自己明明说了很好笑的笑话而观众却不笑，那就是观众的错，这种想法是行不通的。如果观众不接受你的笑话，那你就是失败的。与此相反，小说有佳作和拙劣作品之分。读者也只会选择与他能力相适应的书去读。就算只有少数读者接受，那么这本著作也自有它的价值。这样的话，作者就能守住自尊心。这也算是一个逃避的方法，而漫才演员背负的压力则远超作家。

带名雄大、矢园歌穗、伊场裕伸、小坂美野里，这几个人想成为漫才演员的动机虽然各不相同，但没有一个人有过随意做做、如果成功了的话就大赚一笔钱的想法。

他们虽然年纪比我小，却极其认真，实在让我敬佩。如果在他们中真有杀害矢园歌穗的凶手存在的话，那么这次悲剧的产生也许就是这种一心一意的精神所导致的。

不对，矢园和其他三人稍有不同：她认为如果把观众逗笑了，就是胜利，这种想法与纯粹想逗乐别人的想法是有差别的。只有她一个人进行了自我反省，听到了自己的心声，而其他三个人是否具有这个觉悟，我就不知道了。

在我出版的推理小说中，曾经插入过"挑战读者"这一环节。具体做法很传统，我会事先给出相关线索以便能让读者找出凶手。读者可以认真地来解谜，如果觉得麻烦，直接翻到解决章节去看答案也没关系。这只是一种余兴，我摆出和读者一决胜负的姿态，向读者通报线索提示已经完成的意味很强。

所谓挑战读者，就是一种在其他场合与读者战斗的意识。一旦这部作品被读者认可是一部佳作，那就是我的胜利——如果怀着这种心情去写的话，确实太夸张了。如果得到读者的认可，自然用不着去说什么"那就是我的胜利"，但是在心中总会滋生出类似的情感。也就是说，很期待自己写出佳作。一本佳作如果给人们带来快乐，那自然是极好的，可是，如果刻意地去追求写出好作品，就不是那么好了。

此外，我还这样想过：什么样的漫才才有趣呢？是由观众的兴趣和爱好决定的。什么样的小说才有趣呢？那是由读者的素养——阅读经验和聪明才智决定的。

但是，这个想法似乎反了。一个人因为什么而开心发笑，其实反映了这个人的人生经验和智慧。我觉得读什么样的小说才能让人产生阅读的快感，读者的兴趣爱好起了很大的作用。

我的脑海里充斥着这些杂念，我一边驱赶着它们，一边修改着稿件上的错误。

9

时间过了晚上 11 点，稿件修改完毕。我正在看电视新闻的时候，火村手里提着塑料袋进来了，里面装的是烧卖和罐装啤酒。

"给，烧卖，快趁热吃。"

为了能舒服地喝啤酒，我把玻璃杯拿出来摆放在餐桌上，却忘记拿烟灰缸，火村催促我快去拿来。

"你们在会议上都说了些什么？"我吃了一口烧卖后问道。

手里拿着一次性筷子的火村脸色一沉。

"晚饭吃得很简单，肚子都快饿死了，先让我吃点儿东西吧。"

电视新闻里恰好在播放矢园歌穗的案子，我们于是凝神观看。电视屏幕上显示着"梅碧娜（矢园歌穗）生前"的字样，同时，节目对"雏人形"组合的漫才表演也做了一番简单的介绍。

节目所介绍的内容似乎是电视台以前公开录制的，现场的观众多是上了年纪的人。两人登场后，张开双臂伸向斜前方。这个左右对称的姿势，似乎是从心里期待观众的笑声。

"鄙人是漫才界的欧比那天皇。"

"鄙人是漫才界的梅碧娜皇后。"

"我们两人合起来就是'雏人形'，虽然我们脾气很怪，但是请多指教，请记住我们。"

"我们的组合名字用汉字去写就是'雏人形'，挺难写的，而且还经常被人读成"皱人形"。"

因为"皱"这个字也很难写，年轻的漫才迷不太懂，而年长的观众则会明白，所以他们才抖出了这样一个包袱。今天下午我和漫才相关人士进行了充分的交流，所以能想象到舞台背后的场景。

视频资料仅有十秒钟，但是多少能感受到一些他们表演漫才时的氛围：适当的节奏、捧哏逗哏之间的巧妙衔接，再加上适度的喧闹与一定的品位搭配。如果没有这些，那么他们自称是天皇人偶和皇后人偶就会给人以不谦逊的感觉，让人厌烦。

下一个电视节目开始了，我于是把电视关掉。

"现在可以说给我听了吧？"

火村左手拿着玻璃杯，平时就系得很松散的领带显得更加松散。

"死亡推断时间没有缩短，依然是昨晚 10 点到 12 点。死因是头撞到了柱子上，而额头上的伤则是撞到地板所致。地板上有皮肤组织，而额头上沾有地板上的灰尘。"

"也就是说和你在现场勘查后得出的结论没什么两样吧？"

犯罪社会学家慵懒地点了点头，喝了一口啤酒。

"现场并没有检测出可疑的指纹，虽然有带名的指纹，但那是他在那个房间练习漫才时留下的。矢园歌穗曾经的搭档伊场，似乎也曾在那里练习过，但因为时间太长了，所以他的指纹消失了。在那里并没有找到凶手留下的任何东西。警方还调查了死者的手机和电脑记录，但是到现在为止，也没发现与本案有关的任何线索。她的朋友似乎很少，只和工作上有关系的人接触。"

或许是她受过欺负，所以从学生时代以来就不再结交朋友。

"死者爱用的随身录音机里录的都是一些她平时想好的漫才段子。看来她对自己的工作很热爱。"

我也一天二十四小时都在寻找推理小说的素材，但是并没有随身携带录音机的习惯。

"在案发现场附近展开的调查也不顺利，她的住宅面朝后街的小巷，凶手从小巷也能悄悄地潜入，而且隔壁的房子里也没有人居住。"

矢园歌穗回家的时间仍不明朗。

"一个嫌疑人也没有吗？"

"现在还没有。但是最可疑的就是伊场裕伸和小坂美野里。还有就是和她闹不和的佐野健也。与她走得最近的搭档是带名雄大，虽然有人说他们之间关系良好，但是也有人认为应该好好调查一下，理由是即使关系好也会有因为某事突然发怒的情况出现。"

"因为案发现场是在她家，所以带名也被警方列为怀疑对象。虽然如此，只因为发生了一点儿口角就下决心要杀死对方是不太可能的，又不是和喝醉酒的粗野男人吵架。能让带名愤怒到想杀死她的理由嘛……比如说……"

和以往不同，我只想到一个理由，那就是由矢园先提出解散组合。但是，火村立即否定了我的想法："没有吧？"

"他们好不容易才在漫才表演之路上见到了成功的曙光，我觉得矢园不会贸然提出这种要求的。"

"对了，既然他们的关系那么好，那么他们是因为感情纠葛导致悲剧的发生才更有说服力吧。"

"但是，这条线也不对。他们在工作和练习结束之后就马上分开，而且彼此都很珍惜自己的私人时间，在工作场合即便是两人独处，似乎也总是会各自行动——啊，我再去买些烧卖回来。"

应该多买些烧卖的。

他像个总是嚷嚷着肚子饿的孩子一样嘟哝着，我从冰箱里拿出了奶酪和香肠，对他说："吃完了就快点儿说给我听吧，就是为了知道听会上都说了些什么才把你叫来的。"

"警方对被列为怀疑对象的四个人实施了监控。凶手在犯罪现场沾到了几滴油漆，如果他注意到了，就会处理掉被弄脏的鞋子和衣服。警方必须着重追查这一点。如果是沾染上东西的衣物，那么凶手在昨晚就把它处理掉也没什么用。"

"对他们的不在现场的证明进行讨论了吗？"

"那我按照顺序来说吧，首先是带名雄大。"

他对当晚的行动是这样描述的：到傍晚 6 点半，他在吹田的购物中心完成了营业的工作之后，与矢园、佐野一起去梅田吃晚饭。7 点半之后三人互相道别，然后他去看电影，10 点的时候他回到了位于丰中市内的公寓。此后除了去了一下便利店之外一直在家。离开俵田企划事务所之后，高柳就立即把带名的证词报告给了船曳警部，警方立即派人进行了调查取证。

"现在只能证实他确实是在 11 点半左右去便利店买过东西，问题是在此之前他在做什么。因为他一直在家里，所以没有证人。只是，他说在 10 点半的时候，隔壁邻居家有一位男性客人来访，这一点是真实的。"

带名的公寓是从父母那里继承来的，是很雅致的三室一厅。他的邻居是一个二十几岁的独居女人。有时会有一个中年男人偷偷摸摸地来找她，也就是所谓的情人。

昨天晚上，带名并没有见到这个男人，也不是隔着墙壁听到声音，而是因为他那独特的脚步声，带名听到了那个脚步声就知道是那女人的情人来了。那个男人可能有一只脚不方便，总是挂着拐杖。

"那个女人似乎并不介意，很坦率地把这些说给带名听。据说她的情人一般 10 点半左右来，但是都不定期，只要有空的日子就会突然过来。她说估计是因为自己不专一，所以对方担心自己会不会带年轻男人回来。那个女人昨晚也没有想到情人会突然来访。"

"会不会是今天早上听附近的人说的，告诉他昨晚有个挂着拐杖的人来过之类的？"

"这一点警方也确认了，附近住户没有人和他说起过。所以调查总部觉得带名说的话可信度还是蛮高的。"

带名不知道那个男人是什么时候回去的，但是警方只好放弃对这一点进行调查，因为那个男人是黎明的时候离开女人的房间的。

虽然无法证实他是否真的去看了电影，但是如果能证明他在10点半到11点半之间确实是在自己家或者是在住宅附近——从带名位于丰中市内的公寓出发到犯罪现场，即使是夜间，单程也需要半个小时，即使把犯罪时间假定为不到一秒，往返时间也是不够的——所以虽然称不上是完美的不在现场的证明，但也算得上是个真实的不在现场证明。

"接下来是佐野健也。他在梅田和带名、矢园两人吃过晚饭之后就返回了事务所，晚上9点之前一直在做一些事务性的工作，俵田社长和他一起。下班之后两人一起去喝了酒，11点半在心斋桥地铁站互相道别。"

这也是从事务所听说的。如果晚上11点半之后是一个人的话，那么佐野作案的可能性也是有的。如果从心斋桥乘坐长堀鹤见绿地线的话，那么他到距离犯罪现场最近的谷町六丁目车站就只需要四分钟。没想到——

"刚才和佐野站着闲聊的时候，他说了这样一件事：他家住在御堂筋线上的昭和町，但是由于喝醉了，就不小心坐到了终点站——中百舌鸟站，还是地铁工作人员把他叫醒的。"

"警方去确认过这一点吗？"

火村叼着烟卷，往玻璃杯里又倒了一杯啤酒。

"是通过电话确认的。佐野说他被工作人员叫醒的时候慌慌张张地站起来，随身携带的皮包也不小心被打开，里面的资料掉了一地。工作人员也证实确实有这样一位乘客，虽然有必要对比一下照片去求证，但是描述的体形外貌和佐野是一致的。"

这辆电车在 11 点 55 分左右抵达中百舌鸟站。如果地铁工作人员没有认错人，佐野不在现场的证明可谓完美至极。

虽然俵田社长是凶手的可能性极低，但是他也被问及是否有不在现场的证明。与佐野分别后，他去了一家常去的酒吧，在那里喝了一个小时左右的酒。这一点已经被警方确认了。

"可以开始下一个人了吧？"

"嗯。小坂美野里去参加为打工所在地的店长举行的送别会，地点是在梅田的一家酒馆。送别会在午夜 12 点之前结束，她回到家是 12 点半左右。她的证人有好几个人。"

"有六个人，不过，她说得不对，送别会结束的时间是在 11 点半。"

"也就是说，她撒了谎是吗？这不是马上就会露馅儿吗？"

"她本人不是说喝醉了吗？可能没有别的意思，只是醉得记不太清楚时间了吧。"

虽然火村尽量往好的方面解释，然而他却没什么信心。因为如果加重语气再问一次之后，其他六个人就会开始怀疑起自己之前的回答，看来是指望不上他们了。

"只有 11 点半之前有不在现场的证明，可是她却蒙骗警方，把时间延后了半个小时，这不是很奇怪吗？她究竟有没有这半个小时不在现场的证明是很容易弄清楚的。在这个时间段里，从梅田到犯罪现场坐出租飞奔过去的话十五分钟就够了。虽然我不想怀疑她，但假如她骗了我，那我就不会是现在这个态度了。"

"怎么说得好像你被女人骗过，留下了心理创伤一样。反应别那么大。"

因为我的推测是错误的，火村笑了起来。

"有栖川，你的愤怒不合逻辑呀。"

"因为我被愤怒冲昏了头脑哇——不对，我并没有生气。我只是很惊讶，她竟然能这么厚颜无耻地撒谎，就像有预谋一样，想把那半个小时蒙混过关，怎么可能瞒得住？"

"她是否有不在现场的证明是很容易弄清楚的。"

"对，是这样。"

"为什么知道是她？"

我刚想去拿罐啤酒，手却停了下来。

"你问为什么知道是她，因为死亡推定时间……"

"小坂美野里并不知道验尸报告已经出来了，而且她也很难预测。她应该不可能想到 11 点半和大家分开的话，如果要去犯罪现场，12 点之前就可以抵达，所以需要打半个小时的马虎眼。"

我用食指指着他。

"让我这个作家来说的话，虽然为图方便在数量上捣鬼可以用'打马虎眼'来形容，但是在试图蒙混时间时去使用这个词却很令人在意呀。"

火村用"打马虎眼"来形容可以说是没有问题的，但我还是勇敢地指了出来，这个时候我只能转变谈话的方向了。

"那么，伊场裕伸不在现场的证明又如何呢？"

"小坂的已经可以了吗？伊场围着大阪的秋叶原至日本桥一带转了转，买了二手DVD，在女仆咖啡厅和扮成美少女的女仆为了漫才互相嘲讽、争论，吃完拉面后他就回家去了。去淘二手DVD时离案发时间还早，所以我们将其忽略，重要的是之后的时间段。"

"嗯。调查一下就会清楚的，他真去了女仆咖啡厅吧。重点是这之后的拉面店，已经去查了吗？"

"和你分开之后，我和子知真小姐就去确认了。我们是拿着刊登着伊场照片的杂志匆忙赶过去的。"

就伊场来说，大概很想快点儿成名，这样的话，用不着拿着杂志上的照片去询问，就可以获得他不在现场的证明吧。

"结果怎么样？"

"顺带提一下，我和子知真小姐的晚饭就是在那家拉面馆吃的。"

"别东拉西扯啦！快点说他不在现场的证明到底成不成立呀！"

伊场是在打烊的时候离开女仆咖啡厅的，也就是晚上11点。之后，他去了一家名为"我会加油吃拉面"的拉面店，这家店的名字起得真是夸张。他在这家店里吃过拉面的事已经被证实。当店主被问及伊场吃的是什么时（这还用问吗），他努力回忆："好像吃的是……"口中念念有词地嘟囔了大约一分钟。

结论就是，伊场在晚上11点半之后来到这家名为"我会加油吃拉面"的店，因为店里刚好在播放有意思的足球比赛特辑，于是他就边喝啤酒边看了一会儿。不过他在 12 点半之后回到家这一点并没有被证实。假设他是 11 点半离开拉面店的，那么之后赶去犯罪现场是完全来得及的。从日本桥到犯罪现场，坐出租车只需要十分钟左右就够了。

"不是，伊场似乎一直在店里待到了 11 点 45 分。当然，这也只是他所看的那个足球比赛特辑播完的时间。店主边看电视边和伊场讨论足球，他证明伊场是足球节目播完后才离开的。"

"即使如此，他也有犯罪嫌疑……总之他算是勉强安全吧。"

"而且，他把时间搞错了，那么他那不在现场的证明就令人怀疑。不过他的嫌疑并不是很大。"

现在虽然没有一个人拥有完美的不在现场的证明，但是每个人都能对自己的行踪做出解释。如果我被问到这个问题，那我也只能回答说我一直在房间里工作，而根本就没人能帮我证明这一点。

假如他们说的都是真的，我不严谨地设想：如果让我去推理，那么把佐野当成凶手是比较有趣的。11 点半的时候还在心斋桥的他将矢园歌穗杀害之后，为了赶上在 11 点 55 分抵达中百舌鸟站的电车就得绞尽脑汁去施诡计。不过我认为没有这种方法——

"因为是临时起意去杀人，所以凶手应该没有事先预谋。"

听到我这番自言自语后，火村点了点头。

"这是个很好的切入点，我也有同感。"

我原本想问问他现在对这个案子的看法，没想到这之后他就沉默不语，仿佛在整理脑海里储存的信息，所以我就没有性急地去催促他。从案发到现在只有大约二十四个小时，没有锁定凶手也很正常。

"那是什么？"

他看着客厅的方向问道。目光所及之处是我放在桌子上的漫才杂志。因为回来之后我一直忙着修改稿件，所以还没有来得及翻看。我告诉他是俵田企划给我的杂志，他就拿着烟灰缸走向了桌子旁边的沙发。

"这是很久以前的杂志了，五年前……不就是'雏人形'这个组合刚加入俵田企划的时候吗？"

他仿佛想告诉我即使调查以前有关"雏人形"组合的情况也是没什么用的，又不是专门为了调查而筛选出来的资料。看到我瞧了一眼，他说了声"请"，感觉像是施舍给我看似的。

火村深深地倚在沙发上，没什么兴趣似的随意翻阅着杂志。听着他翻动纸张时发出的沙沙声，我去洗空杯子和碟子。

突然纸张翻动的声音停止了，我回过头向客厅方向望去，只见火村正在全神贯注地看杂志。

"有什么发现吗？不会在杂志里找到了侦破案件的线索吧？"

火村抬起头来，抓住杂志的一角举了起来，我很心疼，想告诉他可不能这么随意地对待印刷品。

"这是带名雄大和小坂美野里刚出道时的照片，看了这个之后我无法平静了。"

怎么回事？我有些丈二和尚摸不着头脑。接过杂志一看，看到照片上的他们只比现在年轻五岁，正在表演漫才。由于他们那时刚刚高中毕业，还洋溢着青涩的气息。

"你看不出来吗？"

由于火村是很认真地在发问，所以我再次看了一眼杂志上的照片。难道说照片上附带的简介里藏着什么新线索吗？可是简介里也只是介绍说他们是高中同学，是一个新漫才组合云云，并无实质性的内容。

"难道……"我在陪同火村参加实地调查时，也曾遇到过这种具有冲击力的喜剧性瞬间。

"也就是说，老师，你像侦探一样未经推理就把凶手找出来了吗？"

我的口气有些责备的意思，他低声说："这是偶然，这种情况偶尔也会有的。"

仿佛这并非犯罪社会学家的本意。

10

櫻花随风起舞，携着静谧的凄美，片片凋零。

上个星期天是赏花的好时节，天气预报说明天会有雨，这样一来櫻花几乎都会凋谢光，所以今天大概是赏花的最后时机。

这里是难波宫遗址公园里复原的石制太极殿基坛。小坂美野里和我一左一右将火村夹在中间，我们三人坐在这里的台阶上。大阪城就在我们的身后，一眼望去，清新的公园里满是新绿。

"我都忘了曾给过路的有栖川先生表演过漫才了。您当时一定觉得是在和怪人接触吧？真是抱歉。"

当我把两年前的事告诉小坂美野里的时候，她震惊且惶恐。我告诉她其实当时我并没有不舒服，反倒觉得很有趣。

"就是在那边吧，就是在那边的那棵树下。"

我指了指那边，她连忙点头称是，但是脸上并没有笑容，也许她暂时笑不出来了。

来这里之前，我们去了大阪历史博物馆对面的大阪府警察总部。为了向小坂美野里传达本案没有被媒体报道过的部分，热心肠的高柳刑警特意安排这位第一代梅碧娜与火村会面。她还说："如果有时间，有栖川先生也一起来吧。"所以我就跟着来了。

"带名君把什么都招了。我多么希望这不是真的呀！"

小坂试图努力接受这一残酷的现实。

火村静静地说："你对他的评价是非常准确的，可以说，这桩案子完全反映出了他的性格特征。"

他做事并不果断，而是一个优柔寡断的人，容易受他人影响，懦弱，容易被人牵着鼻子走。所以旁人要是不了解的话，就会对他产生误解，以为他是一个狠心的人，做出这种事情还满不在乎。

容易受他人影响，也就是说容易放弃，胆小怕事。所以当他知道警察把他列入嫌疑人名单时，就马上放弃，去自首了。也可以说他很怕警方把伤害致死的罪名定性为故意杀人。

"案子发生后，我曾给他打过一次电话。虽然没有直接问是不是他做的，但是我刚开口和他聊案发当天晚上的事情，他就说自己一直都在房间里，这一点他已经向警方证明了。我当时还觉得放心了……"

"案发后，他在回家途中确实去了便利店，但是把这个作为不在现场的证明却很勉强。此外就只剩下他听到隔壁那个女人的情人来找她时的脚步声这一个证明了。"

"可是那个情人不是真的来了吗？"

"确实来了，可是这种小事就算是没人告诉他，事后也会知道的。"

"您是说带名君在走廊上安了摄像头吗？"

"因为是突发性的犯罪，所以他应该不是事先准备好这些的。他去问隔壁女人几句话，就能判断出她的情人来没来过。用不着安摄像头，他也能推理出隔壁女人的情人来过。"

这还算不上是推理，只能说是一些常识性的观察。隔壁女人的情人来的时候，两个人通常会叫寿司外卖。所以，第二天出门的时候，如果隔壁门前有洗过的寿司盒，这就说明那个情人昨晚来过，这是很容易判断的事情。

"就算不是情人来，也有可能是别的客人来。这时候，也有可能会叫寿司外卖。但是他还有一个可以进行推理的线索。那就是他回来乘坐电梯时，闻到了那个情人头上擦的生发液残留下的味道，就可以确定他来过了。"

他坚称自己听到了拐杖的声音，话说到这个份儿上，如果他的推理是错误的，那么他的处境就不妙了。于是带名赌了一把，觉得应该不会错。他在事后捏造出来的不在现场的证明就是这样脆弱。

"被列为嫌疑人之后就算坦白是他做的，好像也不算是自首了，如果他能早点儿说是自己做的就好了。"

火村对一脸懊丧的她说道："这就是他的懦弱之处。一旦发生了不好的事，他就会觉得既然已经发生，那就没办法了。和你解散组合的时候也是如此。"

小坂双手抱住膝盖，仿佛是在守护珍贵的东西。

"详细情况我还不清楚，高柳小姐只是告诉我说：'带名先生受到矢园小姐的威胁，被迫和她结成了漫才对子。'"

"虽然我觉得即使知道了真相，你的心灵也不会得到慰藉，但我还是把究竟发生了什么告诉你吧！正如高柳小姐告诉你的，他受到了矢园小姐的胁迫。矢园小姐手中握有他的把柄，如果不想被人知道，那就和她结成对子，否则就将那个秘密公之于世。"

小坂的脸上出现了不安的神情，大概是在害怕会听到什么与带名有关的、令人反感的真相。

"虽然他犯下大错、导致矢园小姐死亡，但是带名君他并不是能犯罪的人。他不沾染毒品；在女性关系方面，虽然有一些混乱，但他是个独身的年轻男子，也不算奇怪；他只是个不太出名的漫才艺人，不会有什么丑闻；他也不是那种会袭击女孩子的野蛮人；没有做过肇事逃逸这种事，因为他连驾照和车都没有；也不知道能卖给外国的国家机密。这么一个平凡而且老实的人，能有什么把柄被人抓住呢？"

"这也是一次事故——他还导致了另外一个人的死亡。"

"啊？"小坂睁大了眼睛。火村开始讲述这件事情的真相。

"他是住在丰中市内吧？那附近有一座规模很大的医院，矢园小姐的一个朋友在那里住院，所以她就去医院探望慰问。在回来的时候，她看到带名先生骑自行车撞倒了一名八十岁的老人。不幸的是，那个老人死了。带名先生逃走了，因此构成了肇事逃逸。"

正走在人行道上，突然被一辆自行车撞倒，想想我都觉得后背一阵发凉。在平静的日子里，暗藏的陷阱悄悄张开吞噬一切的大口，滋生出了被害人和加害者。如果带名没有坦白一切，那么他撞死老人这件事也就永远不会被发现吧？

"几天之后，矢园小姐向他发难：'我看到你骑车撞了一个人。'虽然她并没有当场拍下事故照片，但是带名却不小心说漏了嘴：'你有证据吗？你拍照片了吗？没有的话，那么你就是在讹诈。'他以为这样就能蒙混过关。但是，矢园小姐对他说："那个老爷爷也有责任，在人行道上溜溜达达地不好好走路。"然后拿出了随身录音机，笑着说："我已经把你刚才说的话录音了。"

"所以她就用这个当把柄，胁迫他和自己结成漫才对子吗？……带名君固然过分，矢园小姐也是够阴险的，她应该在看到事故后马上就报警的。居然把那件事当作把柄来威胁带名君，还录了音。"小坂呻吟似的低声说。

"其实她并没有录音。"

"到底有没有录音？"

微风拂过，火村前额的头发被轻轻吹起来。

"他以为自己已经被矢园小姐录下决定性的证据，所以带名先生与恋恋不舍的你分开，和矢园小姐结成了对子。矢园小姐似乎相信只要和带名先生结对表演，就一定会成功。也许是这个想法起了作用，他们越来越红，警察也没有因骑车撞人的事来抓他，因此，他觉得这就是命运，继续随波逐流。可是，就在那天晚上，迎来了悲惨的结局。"

带名、佐野、矢园三人在梅田一起吃过晚饭后，矢园要买东西，所以就自己先走了。但是他们之前约好当天晚上在她家练习新的漫才段子。不知道是觉得没必要说，还是因为讨厌佐野，总之，经纪人佐野并不知道这件事。

"带名先生是在 9 点之前来到矢园小姐的家。练习了一个小时之后，休息的时候，他恳求道：'已经够了吧？你把那天的录音给删了吧。'这时，矢园发出一阵怪笑，回答说：'放心吧，从一开始我就没有录过音。'接着她又说，'你可真是个容易操纵的男人哪，之前骗了你真是不好意思，不过多亏了我，你才能甩掉那种糟糕的搭档。'这时，带名先生意识到了自己的愚蠢，怀着对她的轻蔑和愤怒，丧失了理智，冲上前去猛推了她一把。似乎这里面也包含无法原谅她对你出言不逊。"

矢园究竟有没有这么说过，现在已经无法证实了。即便这是事实，我也觉得不应该告诉小坂美野里，使她再受到伤害。火村却觉得应该把带名所说的一切原原本本地告诉她。

就算带名的供词里有虚假的成分，但他说过这些话却是真实的。

"他把你甩掉后一直心怀歉疚。而且，我觉得他对被他撞死的那个老人应该也是怀有罪恶感的。总之他动了手，矢园小姐倒在了地上。他发现事情非同小可，对方可能死了吧，所以决定逃走。他觉得自己的指纹留在矢园家里并不碍事，只是和她一起喝茶时用过的杯子绝不能留下，于是就装进自己的皮包里然后逃走了。当时他很慌张，连门口的拉门没有关上这一点都没有注意到。"

小坂双手抱膝凝视着自己的鞋尖，大概是已经不想再听任何与带名有关的残酷事实了吧，但是火村就如宣判一样继续说了下去。

"就算他立刻叫来救护车，也于事无补，矢园小姐最后还是会死。即使如此，他也应该这么做。选择逃走简直荒唐。当然，无论是谁杀了人都会害怕被警察抓住。但是他想：'既然已经发生了，那就没办法了。'于是轻易地就原谅了自己，一切又顺其自然，继续重复。之后，他在乘电梯的时候闻到生发液的味道，又在隔壁邻居门前看到放在那里的寿司盒，于是就捏造出自己一直在家的谎言，伪造自己不在现场的证明。人类心灵上的脆弱有时会导致犯罪。"

"火村，不要说了。"

我制止他继续说下去。因为我感到仿佛是小坂美野里在受谴责。

"想知道事件真相的人是我，很感谢火村老师把事情的原委都告诉我。"

小坂仍旧双手抱着膝盖，轻轻地低下头。

"好像你已经全都告诉我了，但是我还想问最后一件事。高柳小姐告诉我，火村老师觉得带名君的嫌疑最大，建议警方彻底调查他一下。为什么您会觉得他的嫌疑最大呢？"

"这个嘛——"

火村似乎很难用语言来解释这件事，于是我从挎包里拿出了那本杂志。小坂感叹了一声"好怀念哪"，将杂志接了过去。

"这是你们刚出道时的杂志，你们应该都有吧？"

我这样问道，她摇了摇头。

"搬家到现在的住所时，忙乱中丢失了。我已经很久没看过这本杂志了。"

虽然她用到"很久"一词，但其实她还很年轻，充其量也就几年没看到那本杂志吧。我曾听船曳警部对森下说过："到了我这把年纪，很久是指二十年。"

"啊，看到自己的照片好害羞呀！"

她红着脸翻开刊登有介绍"雏人形"组合的那一页。火村伸出右手，指了指照片里的带名雄大。

"矢园小姐就是这个姿势死去的，一模一样的姿势。"

刚在她脸上露出的一丝笑容瞬间僵住了。

"对矢园小姐来说，这是个让她印象深刻的姿势吧。所以，她为了留下线索，告诉别人是带名先生杀死了她，于是在濒死之际摆出了这个姿势。我觉得这并非偶然。她的后脑勺重重地撞在了柱子上，反弹回来的时候扑倒在地又撞伤了前额。如果在临死前她想求助，那么她就会爬到放电话的地方。就算她觉得自己已经没救了、放弃了，那么她也不会故意仰躺着将疼痛的后脑勺放到下面，这是极不自然的。我看到现场照片的时候就觉得有些疑惑，但是当我看到这张照片的瞬间，我的疑惑也就解开了。"

小坂将杂志慢慢地合上。

"也就是说她用尽最后的力气，为了告诉别人是带名君杀了她，才故意摆出那样的姿势吗？"

"是的，我认为是这样的。"

"早先的'雏人形'漫才组合在登上舞台的时候就会摆出这

种姿势。我抛出一个飞吻，他弯曲手肘张开双手，将右腿抬到九十度的直角位置。看来矢园小姐连这种事都记得呀。不对，是因为她一直都很关注带名君所以才记得的吧。可是就算要摆也用不着去摆带名君以前用过的旧姿势吧？"

"我在电视上看过，现在的"雏人形"组合在演出时是将双臂伸向斜前方，稍微错开一点儿角度，形成左右对称。如果她想摆出带名先生现在使用的这个姿势，将手腕高举、仰面朝上，那么在死后要一直维持这个姿势是不可能的。所以我才猜测她摆了以前的姿势。当然，仅凭这一点无法断定带名先生就是凶手。这只是我怀疑他的开始。"

"矢园小姐留下的最后信息只有老师您一个人注意到了吗？"

"我只是偶然看到这张照片才知道的。连漫才迷高柳小姐也不知道带名先生曾经在舞台上摆出过这种姿势。看过尸体的人当中，只有带名先生和佐野先生有可能觉得这并非偶然。但是佐野先生看到案发现场之后就无法冷静，吓得瘫软在地，并没有仔细留意尸体的姿势。而带名先生第一眼看到的时候就知道情况不妙，所以就想去改变尸体的姿势，但是被佐野阻止了，所以他没有机会去触碰尸体。事件的真相应该就是这样。"

"请稍……等一下，老师。事到如今我也不是要包庇带名君，但是，也有可能是真凶为了让带名君背黑锅而移动了矢园小姐的遗体呀。也许真凶就是在等着谁能指出那是带名君以前登台时摆过的姿势——"

"不可能。这并不是灵光一闪突然想出来的，就算是突然想出来的，应该也没有人会愿意去摆弄一具沾满油漆的尸体，手弄脏了还可以洗——光洗手就已经是很麻烦的了，要是沾到衣服上不就成了证据了吗？那个姿势既不是死者在挣扎的过程中摆出的毫无意义的仰卧姿势，也不是凶手把她摆成的那种姿势，因此，只有一种可能，就是说这种姿势是死者为了达到某种目的而摆出来的。"

小坂沉默了一会儿，然后面朝天空说："真是抱歉哪，矢园小姐……无论你是什么样的漫才艺人，临死还让你来摆这个蹩脚的姿势。"

一阵大风拂过公园，明天的雨还没下，今天的樱花却已经要凋零了。我情不自禁地想：故事如此凄凉，风景却美妙而无常。

"如果不是我劝说带名君进入这一行，那么事情就不会是今天这个样子了。"

火村沉默不语。我否定了她的这个想法，她想把这个没有意义的责任揽到自己身上。

"我问他要不要进漫才界，说他一定会成功，所以他才会被我牵着鼻子走的。之前邀请他去戏剧社团就是错误的开始吧？"

"不，不对。带名先生是一个消极的人，像他这种人在大庭广众之下表演漫才需要相当大的勇气。他不是被你牵着鼻子走，而是他自己决定要尝试一下。这一点你一定要明白。"

她轻轻地回了一句："是的。"

然后她仿佛是在自言自语似的说："一般会有一个仪式，把已经完成使命的'雏人形'装到船上，流向大海。我在和歌山上的神社里看到过这种仪式，我自己也把'雏人形'送进海里过。容易随波逐流的带名君被我装上了船，流进了大海里。"

她的表情看上去很悲伤。

"我曾希望能够发生奇迹，和他再次结成搭档去表演。但是发生了那样的事，他已经不可能再做漫才演员了。之后我就去流放'雏人形'。可是，如果小船返回该怎么办？如果已经发自内心去反省和赎罪的欧比那从海的那边回来的话……"

火村有些冷漠地说："回来的时候再说吧。"

她长叹了一声，表情变得柔和了一些。

"抱歉，明明我做过漫才演员，却说出这种消极的话。这大概就是我红不起来的原因吧，真是没用啊！"

正为不知道该说什么好而踌躇的我忽然想到了一句，不禁脱口而出："被流放的偶人，松屋町是它的归宿。"

她一脸惊讶地望着我。

"虽然听起来像是个冷笑话，这是俳句^①吗？"

因为她一脸认真地问我，让我有些不知道该怎么回答，火村便直接否定了她的说法。

"这是三流的川柳^②。"

---

① 日本的一种古典短诗，以三句十七音为一首，首句五音，次句七音，末句五音。要求严格，受季语的限制。

② 日本诗歌形式，音节与"俳句"相同，但不像俳句要求那么严格，也不受季语的限制。

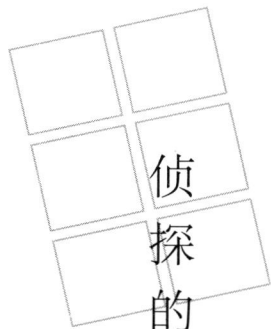

侦探的青春时代

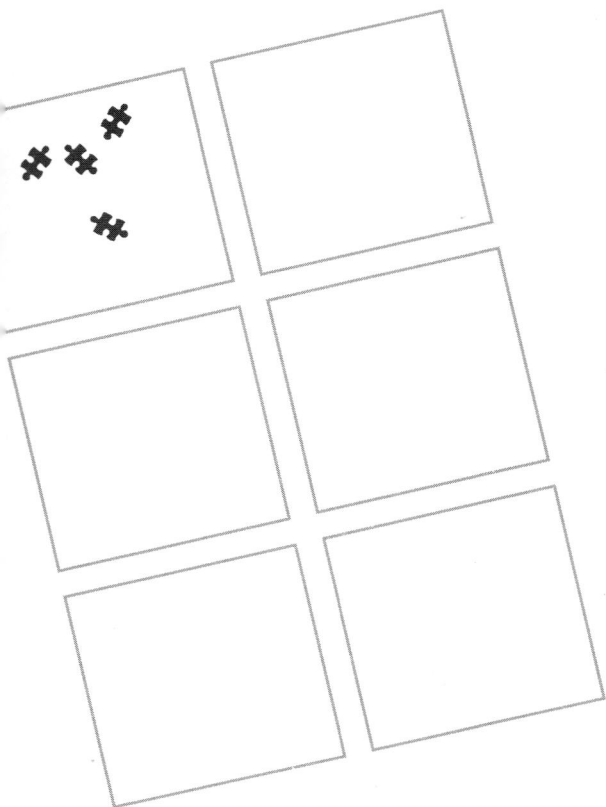

1

时隔很久来到梅田，我买了些冬天穿的衣服，然后就去了以前常去的那家书店转了转。因为时间不够，不能在那里阅读，就买了一些最近出版的新书装入挎包内，直到装不进去。两只手也被纸袋子塞得满满的。

我感到口渴，而且也想休息一下，于是就去了地下商场，想找一家合适的咖啡店。这时，有人和我打招呼，声音有些小心谨慎。

"抱歉，请问是有栖川先生吗？"

我循声望去，一位看上去像是三十几岁的女士站在那里。她身穿枯树叶颜色的连衣裙，套着一件有光泽的褐色短外套。

"是的，我就是。"

我以为是我的读者把我叫住，正要高兴，却发现并非如此。

"我叫阿川，以前就读英都大学的时候和您见过几次面，还记得吗？"

我迅速在脑海里搜寻记忆，大约五秒之后我想起来了。她有些内向，目光柔和，额头上有两颗小小的黑痣，声音纤细清透。

"啊，我想起来了，你是社会学系的阿川亚里沙小姐吧？"

"您记住了我的全名，真的是不胜惶恐。"

我和她只见过几次，关系并不是很亲密。能记住她的全名并非我在意她，而是因为她和我的名字发音太相似。①

"您现在可是著名的推理小说作家了，我一直都喜欢您的作品。"

谈不上著名，不过我的名字比较少见，所以有不少人会因为名字注意到我的作品。即使如此，她知道我是一个作家，我还是很高兴的。

"您一定很忙吧，除了写作，还得和火村老师一起去调查案件。"

我很惊讶，她竟然会知道我在给犯罪社会学家当助手，火村英生副教授参与警方调查这件事并没有对外公布。

"你很惊讶吧？"

"是的。"

听了她的解释之后，我终于可以理解了，阿川亚里沙在西天

---

① 作者全名为有栖川有栖，其中"有栖"的日语读音为"Arisu"，与"亚里沙"的读音"Arisa"发音相似。

满的一家律师事务所工作。

"火村老师在我们律师圈里很有名的，我也听到过有栖川先生的一些传闻。"

我只希望自己不要被认为是一个不畅销的推理作家去犯罪现场找素材。

"毕业以后您就一直和火村老师搭档吧？"

"我和他算是世人常说的孽缘吧。"

"犯罪社会学家和推理小说作家还真是一个有趣的组合。抱歉，用'有趣'形容你们，我的措辞有些失礼了。"

不知为什么，总觉得她只是想和我说说话。不过也有可能是她想获取火村的一些信息，而我也很想知道律师们对火村的看法。

"一起喝杯茶怎么样？我正在找咖啡厅。"

我厚着脸皮邀请，原本还担心她会拒绝，没想到她答应了。

"可以吗？那请让我跟您一起去吧，我知道有一家店，环境特别好。"

我们走进一栋大楼的地下商场，尽头处有一家环境优雅又安静的咖啡店。

宛如桃源仙境的店里正播放着舒缓的音乐，桌椅排列有序，刚好还有空位。

在背靠墙壁的座位上点完饮品后，她感叹道："真是怀念哪！"

我和火村英生是在大学二年级的 5 月认识的。他在空闲的时候会来法律系听讲，有时候他会坐在我旁边，我们很自然地就熟识起来了。

当时火村就立志要研究犯罪社会学，而我则想成为一个推理小说作家，所以对犯罪学很感兴趣。在他的鼓动下，我开始去社会学系听课，然后就遇见了阿川亚里沙。她一直都是借火村的笔记。

"火村君的笔记真棒啊，要点全都总结得很好，他果然很聪明，我真的很佩服他。"

"我没看过他的笔记。"

就算关系走得不是很近，至少她也是我在学生时代的熟人。不久我们就消除隔膜，开心地聊起来。对火村的称呼她也很自然地从"火村老师"改为"火村君"。我已经很久没有听到"火村君"这一称呼了。

她毕业以后就马上结了婚，生了一个女儿。不用照顾孩子之后，她就去律师事务所上班，这才听到了一些有关火村的传闻。

我问了问她的律师同行对火村的评价，几乎都说他是个怪异的学者。我之前听到过有人说他是个狐假虎威、借警察给的鸡毛当令箭、扰乱案件调查、不懂礼仪的碍眼的家伙。庆幸的是，在律师圈里似乎没有这样的看法。

"他是个大侦探吧？"

她盯着我的眼睛问道，我一时不知该怎么回答。

"我们老师常说他是推理小说中出场的大侦探。从推理小说作家的角度来看也是这样吧？"

"如果他对案件调查没有帮助，警察也不会让他到现场的。"

我本来打算要斟词酌句，给她一个适当的回答，没想到她全盘接受，一脸佩服地不断点头。

"果然如此，他以前就曾初露锋芒，有一些征兆了。"

"初露锋芒……是指侦探天赋吗？"

她端起杯子喝了一口奶茶之后给了我一个肯定的回答。

在学生时代，我没发现火村有什么侦探天赋。他以戏谑的态度去读我写的侦探小说，从没猜对过谁是犯人。他向我抱怨说，是因为里面的伏笔太过暧昧。我不得不接受他指出的错误，从他那里我学到了很多，但是更重要的是——

"那家伙是什么时候显露出他有侦探天赋的？"

阿川将披在右肩上的头发利落地捋到后面，这是女性在思考时常做的动作。

"那件事已经过去十四年了，不知道能不能说出来，而且还是有栖川先生不认识的人。"

"你这样说，好像是和犯罪有关的事情，对吧？"

她陷入了沉默，既不肯定也不否定。

我拿起菜单说："如果你有时间，我还真想听你说说。我们再吃一点儿甜品吧。"

她说给丈夫买了领带做生日礼物，之后也没什么其他事要做，于是就一边吃着松糕，一边和我讲起那件事来。

"那是在大学二年级……11月的时候发生的事吧，我们去片平君的家里聚会喝酒，他家是在宝池附近。"

她所说的片平君是个"富二代"，住在一栋豪宅里。他的父母到国外旅游去了，每到周末他都会在自己家里举办聚会或联谊会等活动。我以为是在举办聚会的时候发生了犯罪事件，但并不是这样。

"一些选修犯罪学课程的学生以研讨学习的名义组织了那次聚会，大家一起喝酒。如果是平时，不善交际的火村君是不会去的，但是在大家的劝诱下，他误以为那是一次认真的学习讨论会。"

总之，火村参加了那次聚会。

在那次聚会上究竟发生了什么事呢？我把出场人物改名换姓，把阿川亚里沙讲述的那件事改编成小说风格，说给大家听吧。

2

亚里沙与她的女性朋友相约去片平家。名为学习研讨会的聚会是在晚上 7 点开始，但是基于礼貌，她们故意晚到了五分钟。

"啊，猫。"

打开车门正准备下车时，笹山奈保指着隔壁人家的围墙说道。有一只瘦小的野猫正悠然自得地蹲坐在上面。在那么狭窄的地方它还能伸展身体。朋友在一旁学起猫叫去逗这只猫，但亚里沙对野猫却不感兴趣，快速走到门前去按了门铃。

来开门的是这次聚会的主办人片平幸彦。

"大家都来了吗？"亚里沙问道。

片平告诉她只来了三个人。

"慢慢地就开始了，来，会场在这边。"

附带厨房的餐厅宽敞舒适，并且可以面对面吃饭。据说在这里，主人曾多次举办了规模在二十人以上的聚会。

宽大的餐桌上已经放着事先订好的前菜，是家政助理帮片平准备好的。再加上参加聚会的人带来的油炸食品和中国菜，大家分头准备，聚会的餐食也就备齐了。

"下雨啦？"奈保盯着窗户上的水滴上说道。

从傍晚时起就天色阴沉，但是到达这里之前还没有下雨。

"喂，来了吗？之前我听天气预报说，晚上天气会不好。来点儿喝的吧。笹山就喝饮料吧，你不是要开车吗？"

片平拧开了橙汁瓶盖。

"嗯。就算不开车，我也喝不了酒的。"

两个男同学也是开车来的，现在就差火村了。这时是 7 点 15 分。

"火村君会来吗？"

笹山奈保看了看时间之后向主人片平问道。

"火村刚刚打电话给我，说是要迟到半个小时左右。好像是泡在图书馆里查阅什么。真是爱学习呀。不管了，我们先干杯吧。话说，你们两个是不是也不喝酒呀，但是一杯啤酒应该问题不大吧？"

"既然他打来电话说会晚点儿到，那他一定会来的。你不要担心，笹山小姐。"松永千砂说，仿佛在揶揄笹山一样。

松永和片平从小学时就认识了，她住在片平家附近。

"笹山小姐对火村还真是有兴趣呀！"

在远离餐桌的沙发上，胜田祐司嘲弄道。

"可能有吧。"

被胜田如此嘲讽，奈保瞪了他一眼。

"你们误会了吧？我对他有兴趣并不是恋爱上的兴趣，而是觉得那人是个怪人。仅此而已啰。"

胜田追问："他哪里奇怪啦？"

"我说不上来，但他给人的整体印象就是这样的。"

这个回答笼统而模糊，亚里沙认为自己能给出更好的答案，就插嘴说："我知道奈保想说什么。他这个人非常安静，因此显得孤傲。但是不能因为他寡言少语就认为他是一个消极的人。火村君在思考问题时眼神也并不冷峻。当然，他也有让人害怕的时候，在这方面……"

奈保接下了她的话："虽然还不至于用不可思议去形容他，但总觉得他很神秘。"

"就只是这样吗？这样我们怎么听得懂啊，是吧，高木？"

高木聪把双腿向前伸出去，坐在椅子上。他想成为写犯罪纪实文学的作家，目的比喜欢看刑侦剧而来听犯罪学课程的胜田要明确得多。谈到选修犯罪学这一门课的动机，大多数人都是出于兴趣爱好，出于研究目的去选修的火村可谓异类。

"我觉得那家伙就是个怪人，根本不是什么神秘。"

高木和胜田关系比较好，因此两人就毫不客气地一唱一和起来。

"你又不是女的，怎么就觉得他奇怪啦？"

"火村这个人极其憎恶犯罪，所以他想研究一下这到底是怎么回事。这根本就不是正常人的兴趣爱好。像他这样的人，找遍整个社会学系都找不到第二个。他在想什么你根本不知道，有时候还莫名其妙地装出一副大义凛然的架势。"

"他装出大义凛然的架势了吗？"

"可能我的措辞不太准确吧。那家伙不是主张严厉惩戒犯罪吗？他也对作为惩戒手段的死刑表示肯定。我想，他为什么不进法律部，以后成为检察官呢？"

"这是个人爱好……不过，也许是不是发生过什么事，他自己或者是家人曾是受害人之类的事？"

"有可能。但也不能向他本人询问这么私人的问题吧？"

"当然不能问，要是触到他的伤疤那就完蛋了。"

其他人也停止了谈话，专心致志地听他们讲话。

"他那么沉着冷静，过去一定发生过什么事，只有经历过大风大浪的人，才会有那种胆量。"

"总感觉他很老成，说起话来一本正经。但是，他也有另一面，对什么产生兴趣的时候，他就会情绪高涨。"

"他还会一脸平静地胡乱开玩笑，还时不时地冒出一段段听不懂的洋文。"

"那是天分吧，他确实挺有语言天赋的。"

"他都没有留过学，外语能力却很强，据说在学习外语方面他很有技巧。"

"好像也下功夫学了吧，不过他确实是有技巧。"

"我本来觉得他会去旧书店买外语书，可是没想到他也买西村寿行写的东西看，感觉他什么书都读。"

"这是为了研究犯罪吧，我确实不懂这个人，他对女孩子好像也不怎么感兴趣。"

说完这句话，高木瞥了一眼女孩子们聚集的方向。

"啊，是呀。也许他经历过什么不幸的事吧，伤口难以愈合，真想了解那家伙的过去。"

"他对自己的私事只字不提，也许是他在日本各地都生活过，搬过很多次家，家庭想必很复杂吧。"

"他好像是在札幌出生的，在广岛和金泽都生活过。"

"在东京和大阪也生活过吧。"

"好像是因为他父亲经常调动工作。他父亲是干什么的，是银行职员还是 NHK^① 职员呢？"

"也有可能是检察官。不管是札幌还是广岛，或是金泽，都有高级法院的。"

"噢，因父亲是执法严明的检察官，所以才会憎恶犯罪吗？话虽这么说，也可以朝反方向去想。可能是逃犯……好像有些不礼貌，不过，有可能他们一家就是过着这种东逃西窜的日子呢？"

"你还真敢说呀，都说得这么深了，我们研究他研究得太深了吧。过去的事既然他本人不愿意说，那我们还是不要去了解比较好。"

---

　　① 日本放送协会的简称，是日本第一家根据《放送法》成立的大众传播机构。

气氛突然变得凝重起来。这时，片平开口打破僵局。

"火村的人气真是高哇，男生女生都那么关心他。不过别管这些了，肚子都饿了，快来干杯吧。我来确认一下，要开车不能喝酒的是笹山小姐、胜田还有清太郎，是吧？"

"我不太想喝橙汁，可以换成乌龙茶吗？"

纤瘦的冈崎清太郎有些难为情地提出了这个要求。和他一同前来的大友昂则稍显肥胖，和他形成鲜明的对比。大友昂在平日就是个不善言辞的人，今天晚上依旧寡言少语。

此时，男女加起来一共八个人，火村来了的话就是九个人的聚会。

"干杯！"气氛一下热闹起来，但关于犯罪学的话题却一点也没有涉及，一行人都在兴致勃勃地八卦着有关火村的各种传闻。

"大家都对火村君很感兴趣呀。"亚里沙想。

虽然每个人的关注点都不一样，不过火村身上似乎真的有一些吸引人的地方。所以为了邀请到从不参加聚会的他，只好骗他说是严肃认真的学习研讨会。虽然片平说是笹山对火村有兴趣才邀请他的，但这只不过是他们的一个借口吧。

虽然没有奇特的言行，不过总感觉火村有种超凡脱俗的感觉。如果他是文学系里翻阅诗集的男生，那么他看起来也许只是个普通的具有古典气质的文艺青年。但是，他埋头研究的对象不仅能触及人性的最深处，也是人世间会发生的犯罪现象。一个带着忧郁神情的文艺青年伫立着翻看杀人事件簿，总会让人稍感迷惑。

"已经 7 点半了，差不多该到了吧。"

"你们说他现在会不会正在冒雨骑自行车赶来呢？"

火村经常骑自行车。从大学的图书馆到位于宝池一隅的片平家有将近五公里的距离。

"下着雨他还会骑自行车来吗？我真担心哪！"

奈保一副牵挂的神情，松永千砂马上安慰她说别担心。

"现在雨势已经小很多了，马上就要停了吧。"

亚里沙一只手拿着水杯走到窗边查看，发现雨快要停了。

片平家前面整整齐齐地竖排停放着三辆汽车。这样漂亮的小洋楼前面停着这么几辆车确实不太美观，但是他家的车库停满了片平的爱车，他是一个汽车迷。幸好片平家位于小路的尽头，把车停在路上也不会给别人添麻烦。最后一辆车好不容易才安全通过邻居家的门前停到了这里。

"那辆蓝色的丰田车是冈崎君的吗？"松永千砂来到亚里沙身边，指着最前面的那辆车问道。

亚里沙也觉得没见过那辆车。

"嗯。"冈崎并没有多说。

"这辆车看上去是新车吧？清太郎取得驾照之后激动得都快哭了，你看他开车进来的时候那高傲的样子。"

胜田一边用手抓着意式辣香肠吃，一边辛辣地吐槽。喜欢车的他似乎很羡慕对方。他的车是从二手车市场淘来的铃木，紧贴在丰田身后。随后是笹山奈保的红色大发牌汽车，是她父亲给她的。

他们要参加的聚会是酒会，众人却一个接一个地开车前来，着实有些奇怪。不过无论哪个司机都不嗜酒。胜田虽然是堂堂男子汉，却滴酒不沾。大友虽然很喜欢车，但是因为要来个一醉方休，所以就坐冈崎的车来了。

现在快到了吧?

虽然众人觉得一定会来，但是仍旧没看到火村的自行车。

"那个……等一下。"

大友昂突然开口，片平注意到后让大家先静一下。

"你是怎么了，怎么从刚才开始就无精打采的？"

"我有件事想和你们说一下。"

说着，他看了一眼一同前来的冈崎，似乎两个人都知道这件事。

"你要说吗？"

冈崎显然有些动摇。也许他想让大友昂改变主意，但已经来不及了。在场的每个人都盯着他们。

"我想和大家说一件事。如果一直憋着不说，估计我连吃饭都难以下咽。"

之后，大友讲了这样一件事……

3

　　火村和我念的是不同科系，我不知道他周围的人都是怎么看待他的。无论他是受欢迎还是被疏远，他的人气都高得不可思议。

　　"带着几分忧郁神情的文艺青年伫立着翻看杀人事件簿？这个情景还挺有意思的。"

　　火村看书的这个姿势，我在图书馆也看到过。

　　"片平君曾说过，未来的火村要么成为罪犯，要么成为大侦探。他的预言现在实现了。"

　　"他看对人了。"

　　我很佩服片平的识人眼力。

　　"那大家听了那件事之后，有什么反应？"

　　"并不是什么大事。只是给人一种'原来还发生过那样的事呀，既然已经发生了就只能这样了'的感觉，至少我是这样的。"

"也就是说，并不是什么大不了的事呀！"

如果当时我在场会怎么样呢？也许我会想，马上就要开始快乐的聚会了，却听到了这种麻烦事。

"我记得之前他们说感觉火村装出一副大义凛然的架势，那之后怎么样了……"

他们决定不把那件事告诉火村，然后应该去报警，因为出了那样的事也不可能再开心地进行聚会了。

"大家一同作出了这个决定之后，我感觉心脏怦怦跳个不停。"

"为什么？"

不知道是不是想起了当时的情景，亚里沙两眼闪烁着光芒。

"因为我当时想，火村会不会看穿我们这个共同的秘密。要是被他看穿了，我们会很为难，而且他要是逼问的话，我们一定会缴械投降的。一想到这一点，我就觉得不寒而栗。"

"你的心理活动还挺复杂的。"

"我一直在心里悄悄期待着，希望火村君在进门五分钟后就能发现气氛不对，然后注意到某个人动作僵硬，或者是谁说漏了嘴，然后受到他诘问。"

"你把它当作一个游戏了吧？"

"可以说是一个游戏，我有这种感觉。"

她不断地用勺子来回搅拌着没有放糖的咖啡。不知是害羞还是在回忆那桩如同苦咖啡一样苦涩揪心的事情。

"大家约好不对火村说这件事之后，他就来了吧？"

"是的。他到的时候是大概是 7 点 40 分。"

4

　　他没带雨伞，是骑自行车来的，进屋的时候头发和衣服全湿了。为了节约剪头发的钱，他的头发留得很长，被雨淋湿之后，颇有一股落魄武士的风范。

　　"抱歉，我来晚了。"

　　道歉之后，他拿出装有饭团和小点心的塑料袋，片平接过来之后把毛巾递给了他。

　　"快拿这个擦一下，别感冒了。我去开空调，用暖风给你吹干吧。再给你拿件外套。"

　　"不用开空调了。雨也不是很大，而且中途还停了，真的不用开空调。"

　　火村走过客厅，片平把他的皮夹克挂在了大衣架上。

"天气这么糟糕还麻烦你赶过来，真是抱歉。来，先为你的到来干一杯。"

火村干了一杯片平敬的啤酒，一脸放松的表情，随后他就注意到了放在桌上的食物。

"怎么感觉像是聚会一样，是打算吃饱喝足之后再开始学习讨论吗？"

大家都想告诉他，根本就没有什么学习研讨会。

"只要是有意义的内容，无论什么都可以呀，比如关于勒梅特的第一次逃逸与第二次逃逸学说之间有何本质上的不同，有自己见解的人可以来谈谈自己的看法。"

估计是看到片平在一旁讪笑，他觉察到这不是一个严肃认真的学习研讨会。

火村语气僵硬、生气地说："搞什么呀，这只是个普通聚会对吗？既然如此，就早说呀，我也不至于特意冒雨赶过来呀！"

胜田祐司急忙过去安抚他。

"别说这种无情的话嘛。我们就像片平说的那样，边吃喝边讨论一些有意义的话题，只有在这样的场合才有可能产生有趣的讨论嘛。"

笹山奈保马上补充了一句："我也是这么想的，我对火村君的犯罪观很感兴趣，你能谈谈吗？"

"犯罪观？"

"对。你曾说过'憎恨人而不憎恶犯罪'，对吧？我想知道这句话具体指的是什么。"

"我还没想好怎么给别人解释，还有，这种话题根本不适合当下酒菜。"

与其说是他破坏了气氛，不如说他整个人都愣住了。

"总之先请坐吧，你应该饿了吧？"

火村有些不情愿地坐下，奈保打算再给他倒一杯啤酒，但被他拒绝了。他一直都是自己给自己倒酒。

"你比电话里说的来得还要晚，果然是因为下了雨，路很难走吧？"

亚里沙不动声色地开始提问，游戏开始了。

"离这里以南大约五百米处交通管制了，刚才好像发生了交通事故，就在一个缓坡的附近。"

火村的手已经触碰到了那个秘密，但这并不是谁无意中的言行引起了他的怀疑，而是不可抗力的客观因素导致的。就算亚里沙没有问那个问题，他也可能当作闲谈给说出来。

"好像是发生了交通事故，有警车停在那里，警察还询问我有没有看见什么，我只好说自己只是路过而已。警察说不知道是司机没看清道路还是酒驾，总之差点儿就和一辆自行车相撞了。"

除了火村，在场所有的人都知道这件事，他们在大约十分钟前听大友昂说过。

"只是差点儿撞上，怎么连警察也出动了，太小题大做了吧？"

高木聪用和平常一样的语气说道，他简直就是一个出色的演员。

"虽然没有撞上，不过对方好像摔伤了。摔倒的是一名五十几岁的男性。他似乎也有责任，他没有开车灯，再加上天快黑时喝了点儿酒，而自行车又比较轻，醉酒骑车那可是违反《道路交通法》的。"

只是因为喝了点儿酒骑自行车就搬出《道路交通法》，火村正因为这些言行才会被称为"正义使者"吧。可是亚里沙认为，他并不是一个卫道士，他只是陈述客观事实罢了。因为他自己也会在必须骑自行车回去之前，若无其事地喝上几口啤酒。

"刚倒地的时候，那个人似乎感觉没事，但是，他扶起自行车之后突然觉得头一阵眩晕，之后就坐在地上起不来了。估计撞伤了头。"

"嗯，你竟然了解得这么细致。"冈崎清太郎说道，他的情绪好像不太好。

"因为拦住我的那个警察话很多呀，都不知道该说他是亲切还是唠叨，反正最后他让我注意一点儿之后才放我走，足足花了十分钟。"火村喝了一口啤酒后继续说，"被害人完全不记得差点儿与自己相撞的车是什么牌子。在拐弯的地方，那辆车突然出现，是没注意到自行车摔倒在地吗？总之那辆车没有减速就离开了那里。"

大友说，之所以会出事故是因为骑自行车的人没看路。他从后视镜里看到自行车摔倒在地，但是由于对方马上就站了起来，于是感觉应该没事，之后就直接开车逃走了。

可是，这个五十几岁的男人并非安然无恙，亚里沙想。他们看到了那个男人站起来后一阵眩晕又跌坐在地上，大友也慌了，不知道到底该不该折回去。

"离这里以南五百米的地方到了晚上就行人稀少，很难找到目击者吧。"

松永千砂小声嘟囔。片平企图转换话题。

"所以你才会在雨中被拦住吗？真是不走运哪。作为补偿，你快多吃一点儿吧。大家事先并没有商量，但带来的东西竟然没有重样，真的很棒啊。"

"应该是幸运女神的眷顾吧。来，我们开动吧。"

火村用一次性筷子夹了一块猪排，咬了一口之后，他看了看大家。

"你们都在看我干吗？为什么我觉得有很多视线在注视着我？"

"是你的错觉，你的自我意识太强了。"

高木突然笑起来，刚才明明是个出色的演员，而现在却成了蹩脚的演员。从亚里沙的角度看来，也觉得他是多此一举。

"那么，我来之前你们在聊我的事吧？反正我知道不是什么好话。"

似乎是胜田决定聊这个话题的。

"迟到的人总是成为被大伙议论的对象，这是一种宿命。高木可过分了，电梯超载了，有一个人没能进来，结果门刚关上，高木就开始说人家的坏话，说是那家伙人品不好才会没乘上电梯，还说那人如何如何。简直就是胡闹。"

奈保接着说："我们可没有说火村君的坏话，主要是在讨论你将来是不是要做研究员哪，会不会进藤间老师的研究小组，之后会不会去读研究生之类的话题。"

"进研究小组这件事，我正和藤间老师商量呢，毕竟我是为他进的这所大学。"

由于他说得很坚定，所以胜田接着这个话题说："要是你追随的导师是藤间老师，那就前途无量了。我们社会学系真是怪人扎堆，现在就数藤间老师最怪了。等他退休之后，火村'教授'来接班是最好不过的了。"

火村并没有遂他们的愿，又把话题转了回去。

"刚才的那个事故是发生在 7 点之后，而我给片平打电话的时候刚好 7 点。那时，片平让我别急，说：'只有松永以及另外两个人到了，其他的人都还没到。'你是这样说的吧？"

片平点头。

"既然你们几乎都迟到了，那事故发生的时候，应该有人刚好路过那里吧？"

火村有这种想法是理所当然的，看上去并不是怀疑在场的某个人，而是随意问了一下。

虽然很想知道大友和冈崎的反应，但是亚里沙努力控制自己不去看他们。火村的观察力很敏锐，哪怕是一个眼神他也不会放过。

"清太郎和大友没看到吧，他俩 7 点就到了。"片平若无其事地说。

第一批到的是松永、高木、胜田。片平把后面陆陆续续到的人改变顺序，包庇真正的犯人冈崎和大友。

第二批到的是奈保和亚里沙。可是亚里沙立即就反应过来，这么说可不行。

火村君可能已经看到了停车顺序。停在前面的是冈崎的丰田，接着是胜田的铃木，最后是奈保的大发。那么，亚里沙和奈保就会被当作是最后到的。

亚里沙一边抑制自己的声音不要变调，一边说："第二批到的是胜田君和高木君吧，你们没注意到什么吗？"

两人很谨慎，为免生事端，他们就只说了句"没有"。

"这样啊，我和奈保是从北边过来的，没有通过那个弯道。"

亚里沙说的是实情，她们确实是从北边来的，因为时间很充裕，所以两人就去"鞍马"一带开车兜风，还去岩仓买了东西后才过来的。火村并没有质疑这一点，如果他真要求证，那亚里沙可以拿出买东西的收据作为证明。

这样一来，在场的所有人员就都与案件没什么关系，这个话题终于要结束了，这时——

火村沉默了。

亚里沙突然觉得不安起来，很想问周围的人，自己说了什么奇怪的话吗？可能是紧张会相互传染，周围一下子安静下来，没有一个人再说话，气氛真是糟透了。

火村一边用食指摩擦着嘴唇，一边思考着什么。然后他对亚里沙轻声说："三辆车到来的顺序，就算你搞错了，这么点小事儿我觉得不至于全部的人都搞错。"

众人都吓出一身冷汗。

"为什么要撒这种谎，而且还是集体撒谎？"

"轰！"无声炸弹爆炸了。

大家不知道为什么他这么轻易地就看穿了谎言，亚里沙满脑子都是问号，其他人可能也是一头雾水。

"别说这么奇怪的话呀，火村君，我们可没有撒谎啊……"

千砂吞吞吐吐地回答，好像想要找出答案。

"不对，阿川说得明显不对，而你们却没有站出来指出她的错误。这说明，你们在每个人来这里的顺序上撒了谎。你们这么做很有趣吗？不，一点儿意思都没有。但是，你们这么做，冈崎和大友不在现场的证明就成立了。"

"不在现场的证明？是指刚才的那起交通事故？你是不是觉得清太郎开车技术差，所以就说他差点儿撞到了自行车呀？你的思维可真有跳跃性。"

胜田带着假笑竭力装傻，说火村真是个怪人，尽说些奇怪的话。

"对，我确实有些思维跳跃，但是，你们撒这个谎的好处就只有这个。"火村的男中音在室内回荡着，"如果是这样，我不能理解的是，你们为什么要联合起来骗我，为了不让我知道真相？我大概能想到一点，是冈崎和大友自己站出来告诉你们的吧？或者是觉察到他们的样子不对劲儿，你们问出来的吧？无论怎样，你们都在合伙骗我。你们大概是觉得事情没有那么严重，想着幸好我不在，不然我这么固执的人也许会劝他们去自首，是吧？"

虽然火村全都猜中了，但就如他自己所说，这些只是他隐约地猜测。事件是一起交通事故，如果把朋友当成犯罪嫌疑人，理由又太站不住脚。

不对，在这之前，必须要说明一下他看出大家在合伙骗他的理由。如果不给出一个合理的解释，就算猜中了，也不会有人承认的。

大友想说点儿什么，估计是想全招了，他张了张嘴，欲言又止。片平制止他，开始质问火村。

"我问你，火村，就算没有撞到自行车，那也等于是肇事逃逸。这已经越过了道德底线，算是犯罪了。所以能不能别那么轻易地推断自己的朋友干了坏事？你到底为什么要这么说？"

"等等，大友好像有话要说。既然他是开那辆车的司机，也许他是想要反省一下，我们应该给他这个机会。"

这句话又把众人吓了一跳。他是怎么知道出事故时开车的是大友而不是冈崎？亚里沙觉得后背一阵发凉。

高木插嘴说："在此之前，你应该先回答片平的问题吧。虽然我也很好奇你为什么断言当时驾驶车辆的是大友，但你固执地认为冈崎的车是最后一个到达的，我很想知道依据是什么。"

火村突然站起来朝窗边走去。他看了看排在房门前的车之后，转身看着身后的大家。

"你们一个个真是老好人哪。你们以为撒那个谎有用吗？真是太天真了。三辆车到达这里的顺序是这样的：首先到的是胜田和高木的铃木，其次是亚里沙和奈保的大发，最后是冈崎的丰田，但是是由大友驾驶的，没错吧？"

冈崎死心了，只好承认。

"没错。简直就像你在一旁看着一样。"

火村满脸冷淡的神情，开始解释："这也没什么不可思议的。在进来前，我的东西掉了，在弯下腰捡东西的时候，发现冈崎的车下面的路面是湿的，这样一来，连小孩子都知道那辆车是下雨时到的。然后我随意地看了看其他两辆车，发现那两辆车下面的路面都是干的。这边是什么时候开始下雨的，我不知道，不过，冈崎的车毫无疑问是最后一个到的。可是你们却说他的车是第一个到的，你们知道当时我的被排斥感有多强吗？"

确实如此，大家哑口无言。火村居然掌握了这个信息，真是做梦也没有想到。

"这所房子前面刚好能停三辆车。第一个来的人一般会将车停在最里面，这是最基本的常识。而第一个到达的胜田却没有那样做，而是在前面留下了一个停车位，他为什么要这么做我不太清楚。在冈崎的车下面，我发现有一个似乎是黑色的布裹成一团的东西，看上去就像是小动物的尸体，或者是什么无色无味的不明物体。所以，为了不把它卷入车下，你们提前停车了吧？"

胜田和高木面面相觑之后，点了点头。

"就像你说的，我以为是鸟的尸体，下车一看发现是一块脏兮兮的毛巾，于是就放着不管了。"

非但没丢掉应该被丢弃的毛巾，甚至连车都懒得挪进去。估计当时他们手里都拿着很多东西，想快点儿拿到片平家放下吧。

火村继续说："接下来到的是笹山小姐的车，为了方便停车就停在了胜田的车后面。之后就开始下雨了。最后到达的冈崎的车

178

就只能停在最里面了。因为对于刚取得驾照的冈崎来说，要把车停进去的难度太大，于是我就想到开车来的应该是大友。"

在进入房间之前，他的脑子里竟然装了这么多信息，亚里沙撒的谎被拆穿也是理所当然的。

片平有疑问。

"你认为是大友驾驶冈崎的车，理由就只有这些吗？说不定是冈崎把车开到门前，然后换了大友把车停过去的呢？"

火村竖起了食指，轻轻地左右摇晃，这种装模作样的动作有一半像是在开玩笑，却与当时的氛围异常相称。

"当时还在下雨，谁也不会做这么麻烦的事，而且这里是小巷子，即使是乱停车，没有摆正车头都是没有问题的，不会影响到谁。"

"思路真清晰。"

千砂折服了。大家听火村的解析都听得津津有味，紧张的气氛瞬间烟消云散。

"估计是大友想驾驶新车，就拜托冈崎让他驾驶。可是，由于他觉得自己驾龄长就疏忽大意，最终出了事故。在看到骑自行车的那个男人站起来之后，两人就安心地离开了。你们觉得这样的说辞能说通吗？现场并没有刹车的痕迹，因为对方是自己摔倒的，没有接触到车身，也没有擦伤，就算是逃跑了也不会暴露。你们只是判断当时的情况正好对你们有利吧？"

大友和冈崎沉默了。亚里沙觉得为了包庇大友和冈崎而对火村撒了谎很难为情。

火村突然叹了口气。

"接下来该怎么做由你们自己决定。今晚很抱歉破坏了你们愉快的气氛，我先回去了。"

他边穿夹克边往外走去，最后的那句话稍显凄凉。

当晚，大友和冈崎最后还是去了警察局。不过还好，倒地的男人只是受了点儿轻伤，警察教育了他们几句，让他们注意安全驾驶，到此，这件事也就告一段落了。

＊　＊　＊

"多亏了火村，才能顺利地解决这个案子，给出了一个让大家都满意的结果。虽然不是大案，不过也许这就是大侦探诞生前的小插曲吧。"

如果没有和她在地下商场偶遇，可能我一生都不会听到这句意味深长的话。

"他来了之后，十五分钟不到就将案件解决，然后快速地离开了现场，简直就像是在做梦。当时我就想：这下可不敢做坏事了。"

"害怕遇到大侦探？"

亚里沙端起早已凉透的红茶一饮而尽。

"这也是原因之一……不过就算火村是个大侦探，应该也没有查看车底的习惯吧。他只是在捡掉落的东西时偶然发现有一辆车下面的路面是湿的。用老师常挂在嘴边的话来说，就是'上天有眼，天网恢恢，疏而不漏'。他之所以会掉东西，大概也是神的旨意吧。"

但我并不同意这一说法。也许真的有偶然的成分，但我认为并不是由于火村掉了东西导致的。"不过，阿川小姐还真是个老实人哪，对火村的话这么深信不疑。"

听完这话，她一脸惊讶地望着我。

"有什么东西掉到地上会滚到车底下呢？不可能是车钥匙，也不可能是从塑料袋里滚出来的饭团、小点心。最有可能的就是硬币，可是当时需要掏钱包？"

"我从来没想过火村君掉的是什么东西，有栖川先生竟然想到了这一点，真是太让人惊讶了，我看真正的大侦探是你才对。"

我并不是为了让她给我戴"大侦探"这顶高帽才这样说的，而且，我的想法也只是一个猜测。

"上天有眼，当时正好下雨了。"

"对，我知道，那种情况下如果没下雨，那就无法判断最后来的是哪一辆车了。"

我指的并不是这个。

"不对，不是这个。我想说的是，因为当时下雨了，坐在片平邻居家围墙上的野猫才会跑到车底下去。可是，猫这种动物是不会这么躲雨的。"

"……确实"

"当时，这只猫叫了吧？所以火村才会条件反射地弯腰去看车底。"

我有些犹豫这个说法是否具有说服力，她却想起了一件事。

"你这么一说，我还真觉得有可能。火村君好像真的很喜欢猫。出去野营的时候，我看见过他在逗不知从哪跑来的小猫玩。"

"不对，不是'好像很喜欢'，应该是非常喜欢。他自己现在还在家里养了三只，你没发现他最近总是笑容满面的吗？"

她捂着嘴笑了。

"我对他的印象改观了不少哇，不是变坏，反而是觉得对他的好感度提升了不少。"

"我们一起喝茶聊天，好处却让那家伙占去了。"

我们正聊得起劲，看见她抬起手腕看了一眼时间，我就起身要来账单，抢先结了账。

"你告诉了我那么多有趣的事，我必须得感谢一下你嘛。"

"应该是我感谢有栖川先生才对，替我解开了心结，谢谢你。"

我们在咖啡店的门前道别，最后她问我："大学的时候火村君就有些少白头了，现在他的头发又白了很多吗？"

"白了一些，但不是很明显。我会告诉他遇见过阿川小姐这件事的。您是在哪个律师事务所工作？"

"这个——"

她摇了摇头，胡乱地搪塞了过去。也许，火村只是她年轻时代的一个遥远的回忆。

我双手提着东西走在街上，脑海里描绘出这样一幅场景：火村空腹喝了两杯啤酒，驱车行驶在刚下过雨的京都，一脸不高兴的表情。

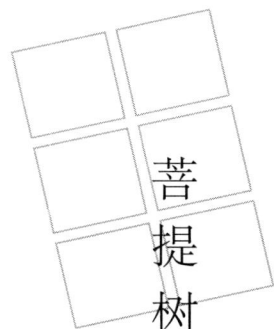

菩提树庄园杀人事件

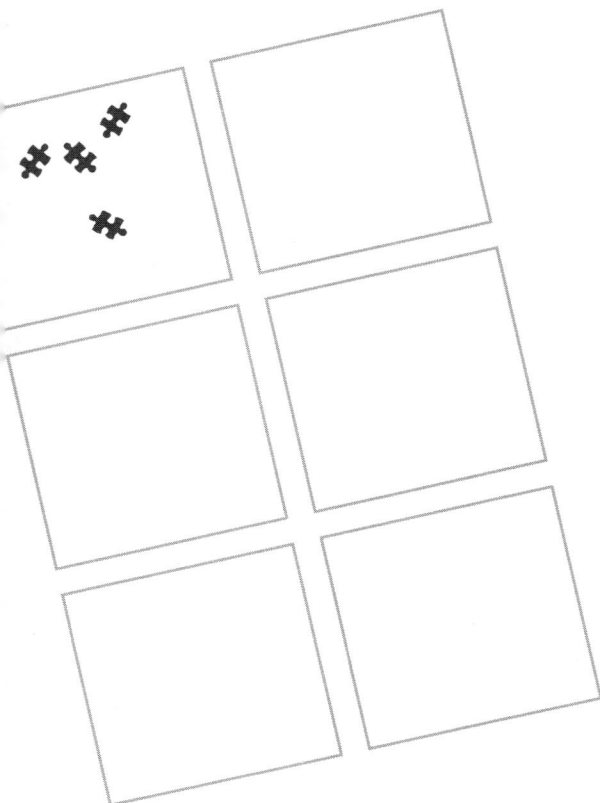

1

　　我驾驶着汽车从阪神高速公路的芦屋出口出来后，沿着贯穿市区、从西北流向东南的芦屋河继续朝北行驶。7 月初的天空碧空如洗、万里无云，此番景色让我不禁想开着青鸟牌爱车到六甲山①的山顶去兜兜风。但我也只能想想，因为我正在赶赴杀人案的案发现场。

　　继续行驶了一段时间后，已经可以看到郁郁葱葱的六甲山了。据我用新作品的版税买来的车载导航仪显示，目的地似乎就在附近。汽车驶离芦屋河流域之后，周围环境渐渐变得荒凉起来。

----

① 六甲山位于神户市东北部，海拔 931 米，是日本著名的观光旅游胜地之一。

"您已经到达目的地，本次导航结束。"

我的车子从电视台的采访车辆旁驶过，在刚看到前方停放的警车时，导航仪就提醒我到目的地了。透过茂密的树林，依稀能看见一栋不起眼的黄色的房子。

我还没考虑好究竟该找谁带我去案发现场，就看见老熟人远藤警官和火村英生并排站在一起。我竟然比开着破旧的奔驰车从京都赶来的火村还慢。

远藤说："大家陆陆续续都到了。等你很久了，有栖川先生。"

火村也刚到没多久。我一边打开车门下车，一边和他们打招呼。

"你还来得挺早的嘛，火村老师。"

"我 9 点有课。和熬夜工作的小说家不一样，我行动比较迅速嘛。你看，你睡乱的头发都没梳好呢。"

"我比较担心你，会打领带了吗？你平时不就是把它往脖子上一挂就完事了吗？"

他是我大学时代的好朋友，我们见面时总爱开对方的玩笑。而远藤则像个慈祥的老爸似的，看着我们默默地笑着。

"听说死者叫樱泽友一郎。不过话说回来，这地方可真偏僻呀，虽然环境不错。"

兵库县搜查一课的刑警耐心地回答了我的问题。

"死者在东京的港区和大阪市内都有公寓，平时他都是住在那两所公寓里，而这里的房子，他似乎是当别墅用。"

"用来周末度假什么的吗？"

186

"他姐姐曾帮他管理过房子，据他姐姐说，不仅是周末，平时不忙的时候他也会抽空过来度假。看来他很喜欢这里呀！"

听到这里，犯罪社会学家火村插嘴说："是呀。樱泽友一郎可是很红的，经常在电视上看见他呢，连我都知道他。我甚至还知道他每周日都会作为嘉宾参加一个夜间电视节目。"

那是一档叫作《周日焦点》的全国性的网络节目。火村大概是一边开着电视机，一边为周一要上的课程备课吧。可是就算如此，他也不可能一期不漏地都看完哪。

"樱泽作为嘉宾只是每月上一次节目，并不是每周都上。"

我之所以那么肯定，是因为我每周都会看那个节目。

远藤补充说道："有栖川先生说得对，他确实是一个月上一次节目。因为我太太很喜欢这个节目，我经常陪她看。虽然她嘴上不说，但其实挺受打击的吧，她似乎挺喜欢樱泽的。"

樱泽友一郎的女粉丝比较多。虽然他已经五十三岁了，却看起来很年轻，也就是所谓的"美男子"。再加上他说话很有技巧，很吸引观众。可以说，他是一个十全十美的人，而且比在案发现场身穿白色夹克、今年三十四岁的火村要时尚得多。

据说有很多中年男人也以他为榜样，因此他在中年男性中也有一定的人气。而我却不这样认为。我承认樱泽在外表上以及说话技巧上很有魅力，但常常感觉他说的话没有深度。但是，如果我特意指出这一点又显得太小家子气，而电视台需要的大概也是他在电视节目里那种巧舌如簧的才能。

我自然不会在人前吐露自己的心声。樱泽曾写过一本销量高达几十万册的畅销书，名为《绿色生活——如何保持年轻》。不过，可不要误解是我这个不畅销的推理小说作家对他心怀嫉妒。

"我们之后再去看房子的情况，现在先去案发现场看看吧。"

樱泽先生不是在他的住宅内遇害的。远藤先站了起来，朝着树丛的方向走去。虽然没有围墙和栅栏，但这里也是属于樱泽的宅基地范围。

我正想着距离案发现场还有多远，没走二十米，远藤就停下了脚步。我们来到了一个小池塘的旁边，搜查死者遗物的刑警分布在周围。这个池塘呈椭圆形，周长大约有五十米。水面的颜色呈橄榄绿，浑浊一片，看不到任何树木的倒影。微风拂过，水面泛起微微的涟漪，四面八方传来树叶摇曳时发出的沙沙声。

如果有两只裸露的腿从水里伸出来，那大抵就是横沟正史在《犬神家族》一书里描绘过的场景了。但是樱泽的遗体是在地面上被发现的。他倒在一棵高达十余米、极其茂密的大树旁边，尸体是在昨晚 9 点之前发现的，现在已经是第二天上午 10 点，尸体早就被抬走进行司法解剖去了。

"抱歉，在二位百忙之中还特地让你们从京都和大阪赶来。"

桦田从树木的后面走过来。他的声音还是如往常一样悦耳，即使是在室外的风中也一样响亮。他长得浓眉大眼，是一位非常干练的警部。

"今年的梅雨季节一点儿雨也没下，湿度却很高，从昨天开始就有点儿潮湿。"

而案发现场是在一潭死水的池塘边，湿度应该更高。

"请你们来帮忙，不仅仅是因为被杀的是一位名人，还因为我们发现尸体的时候觉得情形有些奇怪。你们能抽空过来真是太好了。"

桦田说这番话是对喜欢从事犯罪社会学实际调查研究的火村副教授能抽空前来参加案件调查表示谢意，顺带还感谢了一下我这个助手。

"情形有些奇怪？"

火村同样什么都不知道，所以远藤向我们说明情况。

"尸体是趴着倒在这棵树旁边的，头部的左侧有被石头一样的东西砸过的痕迹。死因是颅脑损伤。没有发现凶器。"

砸人的石头应该还在这一带，但凶手将其扔进池塘的话，很容易就能销毁证据。

"除了脑部损伤之外，并没有什么明显的外伤，也没有发现死者和凶手搏斗过的痕迹。不过，也许发生过小摩擦。至于奇怪的地方，发现尸体的时候，樱泽的上半身是浸泡在池塘里的，我们推测是凶手害怕他没有死才这么做的。"

虽然死者死状凄惨，但并不算是什么异常情况。

"奇怪的是，受害者身上只穿了一条运动短裤，并没有穿别的衣服。而死者的名牌衬衫、长裤，以及背心全都漂浮在水面上。至于鞋子，就放在尸体旁边。"

说到这儿的时候，刑警指向了橄榄色的池塘水面。当然，这些死者身上的物品警方已经收集了。

"你的意思是说凶手特意脱掉死者的衣服，将其丢到池塘里的吗？"我向调查的警官问了这个问题。

"很难说。看起来似乎是这样的，但是还没有证实。要是凶手将死者的衣服脱下来带走，那倒是能让人理解。"

是这样吗？

"把衣服带走也很奇怪呀！死者是一个名人，而且他在这里也有住宅，即使拿走他的衣服，警方也能查出他的身份哪！"

"不一定是为了隐瞒死者身份，恐怕另有原因。"火村说道。

我看着他问道："那是什么原因？"

"比如，也许是凶手认为死者随身携带了某种他想得到的东西，所以才会剥下死者的衣物来仔细寻找，不过不知道凶手最后有没有找到。不管有没有找到，死者的衣物对凶手来说都没有用了，于是凶手就把这些衣物随手丢进了池塘里。"

这样也说得通，可是——

"有必要连背心都要脱吗？而且，既然连背心都脱了，为何又单单留了条内裤？"

"有川栖先生说得对。无论凶手是出于何种理由，现在就想弄清楚是很难的。"

这句话在理，是我太心急了。

桦田警部从上衣口袋里掏出几张照片。我和火村站在一起看向那些照片，只见一个只穿了一条内裤的男人俯卧在树根处。这些照片是把死者从池塘里捞出来以后拍的。一双褐色的鞋摆在他右脚的旁边。他的身体匀称健硕。以前曾在他的自传上看到过他裸着上半身的近照，身材确实值得称赞。

190

有一张是他的面部特写照片——他仰躺着，宛如睡着了一般，面容安详。不会错，确实是那个有名的樱泽友一郎。就算他现在已经去世，他的面容看上去也不像是个五十三岁的人，看起来简直就跟我和火村的年龄差不多。

也有他的衣服的照片——偏蓝色的范思哲衬衫和深灰色的长裤，V领的背心，还有一条几乎全新的手帕。

"他的裤袋里就放了这条手帕，除此之外没有发现别的东西。"

桦田警部刚说完，火村就抬起头问道："口袋里也没有钥匙、手机，哪里去啦？"

"我们也不知道钥匙和手机在哪儿，是被凶手带走了，还是掉进池塘里了，必须对池塘进行搜查。"

池塘里的水非常混浊，要在里面寻找掉落的东西似乎也不是一件容易的事。

"死亡时间大概是几点？"

"我们推测是在昨晚6点半到8点半，但有人声称昨晚7点半左右还和死者通过电话。如果这是真的，那死亡时间段就能缩短。"

和死者通电话的是东京电视台的导演，打电话来的目的是想就下个月的节目预约谈一些简单的事项。这些通过死者的手机通话记录都可以查证。

"如果这个导演的证言是真的，那么凶手作案的时间就是7点半到8点半这段时间，是吗？那时候天色刚黑下来。虽然如此，这里这么荒凉，前不着村后不着店的。"

要找个人问一下有没有听见奇怪的声音、有没有看到过可疑人物都不是一件容易的事。

"发现尸体的人是死者的姐姐樱泽亚纱子，五十四岁，曾是死者的经纪人。她说因为有事想找死者商量一下，大概猜到他在这儿，于是就驱车过来了。她来池塘附近找他的时候却发现了他的尸体。"

"她在家里没看到死者才来这附近找的吗？"

"是的。据她的证词，虽然当时家里的大门是锁着的，但死者的车还在，而且室内灯火通明，于是她断定死者确实在这里，可能出门散步去了，所以就到附近去找他。据说，死者生前很喜欢到这个池塘的附近来散步。"

亚纱子是在昨晚做的笔录。应警方的要求，今天早上她又来到这栋别墅。

"发现尸体之后的详情，你们可以去问一下她。她看到头淹没在池塘里的弟弟之后，立即使出全身力气将死者从池塘里拉了出来，看到他头上的伤的时候，她再次受到冲击。看着已经断气的弟弟，她绝望了，之后就给消防部门和警方打了电话，时间是在 8 点 56 分到 8 点 58 分。这个时间的通话记录已经得到了警方的确认。"

虽然还有几处疑点不甚明朗，但就像远藤说的，直接去问本人或许会更好。

火村屈身环顾着四周，之后便直起身来朝旁边的树木走去，然后将手放在树干上抬头往上看。受他的动作影响，我也不由自主地跟着抬头往上看。心形树叶的缝隙间能看见许多绽放的淡黄色小花，隐约还能闻到一股花香。

在这样的景色下，他不自觉地吹起了口哨。我不想引起警察的反感，忙上前制止了他。

"你给我认真点儿。"

"这景色实在太棒了，我忍不住就吹起口哨来。"

他吹的曲子是舒伯特的名曲《菩提树》。我敲着树干问道："这是菩提树吗？"

火村可能在心里嘲笑我是个什么都不懂的作家。

"是的。"回答我的却是远藤，"其实我对植物也不是很了解，是樱泽亚纱子告诉我的。这是西洋菩提树。"

"西洋……这么说，和印度的菩提树不一样，是吗？"

"你说的印度的菩提树只生长在热带，树种不一样。在日本能看见的就只有这种西洋菩提树。这棵树是这栋别墅的象征，死者一直把这栋别墅称作'菩提树庄园'。"

在一旁的警部补充道："在这里发生了这样的案件，按照有栖川先生的小说风格，这次事件可以称作'菩提树庄园杀人事件'。"

"菩提树庄园杀人事件"，听到他给这起事件如此命名，我心里不由得咯噔了一下。

$\mathcal{2}$

"无论是'菩提树庄园'还是'菩提别墅',都是充面子的说法,给人一种房子很大很豪华的错觉。房子就是这样,并不是什么豪宅。"

虽然樱泽亚纱子说得云淡风轻,但实际上应该算是一栋豪宅吧。从外观看上去确实挺老旧的,但内部进行过大规模的重新装修,简直就像酒店的商务套房一样。原本是有几个房间,樱泽友一郎请人将墙壁推倒,变成了一个大客厅。屋子统一使用明朗的现代化设计,先不说装修成这个样子要花多少钱,光从设计上就能看出樱泽友一郎的品位并不低。

这里是两年前樱泽友一郎人气不断暴涨的时候,在拍卖会上以较低的价格入手的,然后又改装成现在这个样子。他之所以喜欢池塘旁边的那棵菩提树，大概是中意它的树形，以及一年四季都绿叶常青。

我和火村在客厅的一张红色皮革沙发上坐下，亚纱子就坐在我们对面。

远藤坐在单人椅子上，在向亚纱子介绍完我们之后，他就不再说话了。

"我弟弟很喜欢菩提树，不光舒伯特的名曲对它有过讴歌，据说释迦牟尼佛祖还曾在菩提树下静坐悟道，我弟弟就是受到这些影响才那么喜欢菩提树的。他甚至还将那个池塘称为'涅槃池'……而现在，他的头淹没在那个池塘里死去了，这简直就像是他对我搞了一个恶作剧。"

樱泽亚纱子突然掩面哭了起来，肩膀深深往下陷，一定是对弟弟的意外死亡感到痛心吧。

"说到恶作剧，还有一点，我弟弟很喜欢的西洋菩提树和印度的树种不一样，而且是会落叶的，所以他打算用这种树当作这栋别墅的象征的计划也落空了。"

原来菩提树并不是常青树，我深切地感受到自己对菩提树的了解是多么有限。

在沙发旁边的墙壁上挂着若干装裱好的已故樱泽友一郎先生的照片，既有胸前别着胸花、西装革履的照片，也有和名人站在一起笑容满面的照片。无论哪一张照片都充满了成功人士的自信。他的眉形好看、鼻梁高挺，长得一表人才。

亚纱子则是一脸冷漠，她的弟弟是圆脸，而她则是瓜子脸。

她的刘海儿是电影《绝代佳人》里的风格、剪得整整齐齐，和同龄的女性稍显不同，并没有神秘感，反而散发着一股世俗的气息——没错，这种世俗感和她的弟弟如出一辙。

不知道火村对她的第一印象如何。说出她对弟弟死亡的痛心之情后，她冷淡地回答着我们的问题。

"以前你曾当过友一郎先生的经纪人吧？那是什么时候的事？"

"友一郎原本是在大阪的一家诊疗所里当心理咨询师。这一点你们知道吗？因为一个偶然的机会，他开始不断地在电视节目、杂志等大众媒体上露面，然后这两三年慢慢地就成了名人，所以他需要一个帮他挑选工作和管理日程的经纪人。"

弟弟和她商量之后，她立即辞掉了一直做的活动策划公司的工作，成了友一郎的经纪人。她觉得自己比较适合这个工作，于是就揽了过来。这一点确实是事实。

"大概他是觉得肥水不流外人田吧。我从年轻时开始就一直在做商业活动企划方面的工作，他对我的能力应该也很认可。"

"友一郎先生时下人气确实很旺，连我这个平时不怎么看电视的人也有所耳闻。不仅仅是他拥有心理咨询师的专业背景，说服力强，说话有技巧；还因为他在保养方面很在行，堪称专家，这一点也是他人气旺的原因。"

火村刚说完，亚纱子就接着说："您是指抗衰老技巧，是吧？最近，这成了一个卖点。由于很多人都惊讶于他的年轻活力，《绿色生活》这本书在半年内销量就达到了三十多万本，现在依旧在再版。"

要说这个亚纱子，她要比实际年龄看起来年轻得多。但并不是肉体上的年轻，而是巧妙地用妆容来掩盖了自己的实际年龄。她没有用她弟弟的抗衰老技巧吗？或者说，这个技巧到底效果如何还要分人吗？

　　"虽然我还没拜读过这本书，不过据传闻说，内容是介绍如何靠精神因素来防止衰老，而不是靠医疗手段。"

　　"'传闻'，真像是大学老师这样有文化的人才用的词呀。是的，书里的内容并不是告诉人们该吃什么、不该吃什么、每天做五分钟的体操、什么样的呼吸法能保持青春等这样的方法，友一郎提倡的抗衰老技巧是从精神上保持健康的方法，一层层地往前递增，让人们远离衰老。"

　　我也没有读过他的书，不过我曾在杂志上大致浏览过相关介绍，内容和亚纱子刚才说的差不多，只不过换了一种说法而已。

　　只要心态好就能够保持青春，这种说法在医学上是说不通的，我不认为这会有什么实用性。即使是这样，看了作者那年轻得令人惊讶的照片，很多人还是会选择去相信。

　　"那他还继续在诊疗所里当心理咨询师吗？"

　　"没有，大概在半年前他就暂时停业，不做心理咨询师了。最近的日程主要是参加电视节目和演讲。他也想再写几本书，因为各大出版社都来向他约稿。"

　　听到这里，我需要对此表示祝贺吗？不过，我一点儿喜悦的感觉也没有。

　　"听说他经常奔走于东京和大阪之间，偶尔来这里度假，是吗？昨天这里是关着门的吗？"

"是的。前天晚上他在东京有工作，昨天午后他坐新干线回来后，就直接来这里了。而我一直都在大阪的工作室。"

"你不是他的经纪人吗？没有和他一起去东京吗？"

"他工作的时候，我一般不会同行，同行的是一个秘书，他的名字叫鬼怒川正斗。"

这个秘书向她报告，在东京的工作内容是录制了预计于今年秋天开售的 DVD 光盘。之后，他和友一郎就在新大阪车站分开了。

"就是在那时候，鬼怒川正斗告诉我友一郎去了他在芦屋的家，我原本打算让友一郎在那里好好休息一下，但是因为有件事情要和他商量，所以就赶去了。"

因为 8 点前她接到一个活动主办方打来的电话，才意识到在工作上有失误。她想了个理由搪塞了一下这个主办方人员，但还是得想办法善后。

之后她赶忙联系友一郎，但打了好几个电话都没打通。她觉得可能是手机没电了。

"是很重要的事情吗？"

"友一郎常常在我不知情的情况下私自接下一些工作。这个习惯可不太好。之前出现过很多次这样的紧急情况。昨天晚上，我发现预约的工作在时间上有冲突，必须立即找出解决方法，不得已才来别墅的，其实我并不想来。"

我还以为她会为自己打扰到别人休息而感到内疚，但好像并非如此。

"友一郎有时候会带女人来这里，如果昨晚也是这样的话，那我冒冒失失地去找他谈工作确实惹人生厌。但是我告诉自己，这件事我必须要找他商量，而且是他先不接电话的，所以我就开车赶过去了。"

"鬼怒川先生没有和你一起去吗？"

"是的。昨晚鬼怒川去了工作室之后就下班了，我看他也挺想休息的。"

火村又具体地问了一下关于工作预约时间有冲突的详细情况。事态确实是挺紧迫的，可以理解她已经没有时间再去等友一郎给她回电话了。

终于到了说发现尸体过程的时刻了。

亚纱子是8点一过就从工作室出发的，到达菩提树庄园的时间是8点45分左右。打开门走进去之后，她发现客厅灯火通明，但是里面没有人。友一郎的车还在这里，所以可以肯定他确实来这里了。她想他可能是去附近散步去了，于是决定去池塘边看看。

"你没想过在房间里等他回来吗？"

我无意间问出这句话的时候，亚纱子用生硬的语气说了句"是的"。

"我知道，你想说的是，天已经黑了，即使不出去找他，在这里坐着等的话他也会回来的。但我是个急性子，只想赶快找到他，把这件事情解决掉。"

她的表情似乎是在说："对于当晚的情形，你们不会是在怀疑我吧？"

在侦探剧里，尸体的第一发现者常常被怀疑就是作案者，也难怪她会这么敏感。

池塘边虽然是一片漆黑，但是庭院里路灯的灯光会微微地照射到这里，而且昨天晚上星空璀璨，月华如练，并不是漆黑一团的夜色。从菩提树庄园走出来没多久，她就看到了一个头被淹没在池塘里、裸着上半身的男子。她十分惊愕，即使没看到那个人的脸，只凭直觉，她也感到那就是友一郎。

"我以为他大概是摔晕了。那个池塘也不可能游泳，我不知道他为什么要脱衣服。我不知道他是什么时候失去意识的，但如果不赶快把他拽出来，他一定会死的。当我把他从水里拽出来，才看到他头上……"

当她看到友一郎头部侧面的伤口时，才知道他并不是滑倒的。她一边摇晃他，一边喊他的名字，但是他一点儿反应都没有。她摸了一下他右手手腕上的脉搏，才知道他已经死了。

"我当时就给警察和消防部门打了电话，不对，也许是先给消防部门打的电话吧？我当时头脑一片混乱，已经记不清是先给警察打的，还是先给消防打的电话了。"

"你先给消防部门打的电话。"远藤简短地说。

"啊，是吗？打完电话之后，我一直都待在友一郎的身边，面对着他的遗体，我问他究竟出了什么事。救护车和警车五分钟左右就到了。"

她明确地说，在这期间，她只是握着遗体的手，并没有做别的事，也就是说没有破坏案发现场原本的样子。

"你注意到衣服浮在池塘的水面上了吗？"

"救护车来了之后我才注意到。"

"那是友一郎先生的吧？"

"是的。我全都看他穿过。放在他身边的鞋子也是他穿过的。"

赶来的急救人员通知她友一郎已经死亡，她自己也知道已经无力回天了。救护车开着空车回去了。按照警察的指示，尸体被留在了池塘旁边，而亚纱子在这个客厅接受了警方的质询，并且做了笔录。

"我感觉像是脑子被人搅乱了一样，什么也不知道，什么也不记得，连警察问我的问题我也忘了。"她把头转向远藤问道，"我被问过好几次家里是否有什么异常吧？"

待人亲切的警官点头说道："是的。当时你强忍悲痛，又对四周检查了一下，对吧？但是并没有看到有小偷进来的痕迹，也没有什么奇怪的地方，我没有说错吧？"

"是的。冷静下来之后，我又检查了一下家里的情况，但是并没有发现什么奇怪的地方。昨天我也说了，我就只看到他喝红茶和咖啡之后留下的痕迹。"

火村问道："这是怎么回事？"

"我在厨房的水槽里找到了冲洗咖啡杯和茶杯的痕迹。看到这个，就能够推断出来客是什么人，大概是友一郎的女友，但不一定是昨天来的，也许是几天前来的时候留下的。"

友一郎先生的女友叫北澄萌衣。刚才亚纱子也说过，他有时候会带女人来这里，似乎指的是某种有特殊关系的女人。

"我弟弟谈过很多次恋爱，以前就这样。说得露骨一点儿，他挺好色的。曾经和多名女朋友同时交往，他的女朋友多得用两只手的手指都数不过来。不过最近倒是很专一，就只对北澄小姐好。"

"这位北澄小姐是位什么样的人？"

"直到半年前，友一郎仍然在诊疗所做心理咨询师。那是为了证明他确实是在职的心理咨询师。而北澄小姐是我弟弟的病人。至于她的背景，好像是神户的某个有钱人家的大小姐。"

那么，就是说心理咨询师和前来咨询的病人之间产生了恋情。

"这并不是什么值得骄傲的事。接受心理治疗的病人对给自己治疗的异性心理咨询师产生爱慕之情的例子并不少见，何况我弟弟又长得一表人才。他应该严加注意，不要和病人谈恋爱才对。只要不是我弟弟先接近对方的就行。"

但是亚纱子似乎对这件事的详情并不是很清楚。

"你刚刚说北澄是一位大小姐，她很年轻吗？"

"她大概二十五六岁吧。他们之间年纪相差很大，但我弟弟无论身心都像三十几岁，我觉得他们很相配。"

火村凝视着亚纱子的脸问道："你见过这位北澄萌衣小姐吗？"

"只是很偶然地遇到过一次。因为这栋别墅的产权我也有份，所以我也会不定时地过来。我来的时候刚好撞上他们也在，双方都挺尴尬的，不过她是个挺可爱的姑娘。"

"他们的关系和睦吗？"

"不清楚。"

很明显她不想再将这个话题继续下去，所以火村换了一个问题。

"友一郎先生似乎不是被入室抢劫的强盗杀害的，他有没有和谁发生过矛盾？"

"这个，我一下子说不出来。"

亚纱子的表情变得复杂起来，也许她是想起来了什么才会这么回答的。

"友一郎在两年前受到了幸运女神的眷顾，某位在大阪的电视台制片人去梅田①的心理诊疗所时，看出我弟弟有成为明星的潜质，于是就让我弟弟上了他的节目，以一个很奇怪的头衔，称他是什么'魅力不凡的心理咨询师'。以此为契机，我弟弟慢慢地走红。他对院长以及诊所的同事们对自己的照顾也很感恩，并不会因为自己有能力以及自己红了就排斥别人。所以应该不至于树敌。"

"可能在工作上没有敌人，但是在女性关系方面呢？他不是曾经有过很多女朋友吗？"

她突然就不说话了，看来这方面确实有什么问题存在。远藤催促了她一下，说道："如果想早点儿抓到罪犯的话，你想到什么最好都说出来，火村老师和有栖川先生此前曾多次协助过警方的工作，你对他们说的话他们绝对不会外泄的，这一点你

---

① 位于大阪市的北区，是当地的经济中心。

不用担心。"

亚纱子依旧在犹豫，火村接着远藤警官的话说："屋内没有小偷入侵过的痕迹，友一郎先生似乎也没有做任何抵抗，如果是在池塘旁边遇到可疑人员，他不可能毫无防备地就让对方接近自己，我觉得应该是熟人在一起的时候被对方用什么东西砸了脑袋。而且这个熟人很有可能你也认识。"

话说到这个份儿上，亚纱子似乎终于下定了决心。她轻轻地吸了一口气之后，就开口了。

"友一郎一般会很巧妙地和对方分手，几乎不会和交往的对象闹到你死我活的地步，他曾对我说这是一项技术活。但是并不是每次都有效。他曾告诉过我，有一个女生老是甩不掉，让他觉得很麻烦。当然，我并不是说这个女人很可疑。"

"当然，我知道，我们只是做一个参考。"

火村放大声音，说了一些安抚她的话，这是为了让亚纱子能够信任他，就如同一名优秀的心理咨询师剥开患者心理上的保护壳一般。

"那个女人叫长束多鹤，大概是一年前和我弟弟熟识起来的，听说她好像是某个领域的设计师，具体的我忘了。她以前是我弟弟的粉丝，我弟弟第一次遇见她是在西梅田一家酒店的酒吧里。不过，她似乎是知道我弟弟常去那家酒吧后才过去的。"

友一郎一边和这位长束多鹤保持来往，一边又和北澄萌衣越走越近。

"不知道是她插手我弟弟和北澄萌衣的关系了，还是我弟弟对老情人厌倦了，总之，友一郎想撇清和她的关系。但似乎进行得并不顺利。大约在半个月前，他曾向我抱怨过。我骂了他两句，说他是自作自受，让他赶快抽身，别让这件事变成丑闻。听了我的话之后，他只是苦笑一下。"

既然他只是苦笑一下，那么事态看起来似乎并没有那么严重。不过我们必须认真调查一下。

"既然他说老是甩不掉那个女生，让他觉得很麻烦，那么你有没有问一下详细的情况？"

"我没有问过。不过，他曾不小心说漏了嘴，说他不应该告诉她在芦屋有房子，所以那女的也有可能不请自来。"

这么说，长束多鹤可以被列入嫌疑人名单。

亚纱子可能是累了，她深深地倚在沙发上，眼睛盯着挂在墙上的弟弟的遗照。

"抗衰老技巧什么的，说得这么煞有介事，不过我是知道的，我们家族里有很多男性看起来都比较年轻，五年前去世的我爸爸也是一样，还有很多亲戚也是这样的。我弟弟之所以能保持青春，并不是他下了多大的功夫，付出了多大的努力，而是家族遗传。"她一边玩弄着剪得整整齐齐的刘海儿，一边和我们说，"我说的这些话你们能保密吗？"

3

　和我们的谈话结束后，亚纱子就回大阪去了。从早上开始就陷入大混乱之中，鬼怒川正斗返回了正忙得不可开交的工作室。亚纱子一边为唯一的弟弟的死而悲伤着，一边必须熬夜做好弟弟葬礼的准备，实在是很可怜。但是，她也并非完全没有杀人的嫌疑。

　樱泽姐弟的父亲在五年前去世了，母亲在三年前也去世了。据说，无论是姐姐还是弟弟，对于他们的父母来说都是老来得子。虽然年龄大了的父母没有看到儿子成名就去世了很可惜，但是这在案件的调查当中是没什么人关心的。

　友一郎应该攒了一大笔钱，在没有遗书的情况下，所有的遗产都将由亚纱子继承。虽然很难认为她会为了得到那些钱而杀害弟弟，但是姐弟之间如果因为意见不合而产生对立，也可能会产生突发的悲剧。

我把这种假设说给火村听，但是他正在翻阅着从客厅的书架上取下来的《绿色生活》一书，并没有回答我。

我继续说道："亚纱子不是说过了吗，友一郎的年轻外表只不过是因为遗传。听得出来，她似乎看不起依靠所谓'抗衰老术'赚钱的弟弟，可能也厌恶自己当了他的经纪人。"

"你使用'听得出来''可能'这些词，表明这些都是你的主观臆断。"火村暂时停止看书，抬起头来说道，"在还没有见过其他相关人士的时候，还是不要做过多联想。你今天怎么这么性急，难道是怕自己变老才急成这个样子的吗？"

"怎么说得那么夸张，我才三十四岁而已。"

"以前你好像说过这样的话吧：'二十岁左右的年纪一转眼就过去了。'时间过得如此之快，仿佛在加速流逝，真是'度年如日'，所以为此感到焦躁也并不奇怪。"

"这是你这位少白头老师的感叹吗？"

"到了我这个年纪，也有学生说我不是少白头呢。虽然不知道我能活到多少岁，但是应该已经过了人生的一半了吧——现在可不是闲扯的时候，还是别聊天了。"

远藤正坐在椅子上看着记事本，大概是在整理资料。也许我们说的话他都听到了，还是少说没用的话为妙。

"哦，书里写了这样的一句话：'老了呀！当你这么想的瞬间，你就变得没那么年轻了。大家在日常生活中也有这种经验吧——

精神状态如何对身体有很大的影响。人的老化都是从精神上开始的，这一点请铭记在心。'"

火村读到了《绿色生活》中的一段，难道他是特意选择陈腐的文章来读吗，或者说是想确认一下是不是每一页都有这种"高见"？

"与其说这是一本实用书，还不如说是宗教书。至少相信的人会得救，这就不错了。"

火村把被害人友一郎的著作放回书架。我倚在窗边抬头看了看天空，可以听见直升机从头顶飞过的声音。

远藤把记事本装进口袋里，说道："因为媒体被警戒线拦在外面，不能靠近，他们肯定很想从空中拍摄现场吧。但是这样一来附近的居民就会抱怨了。"

居民的抱怨大概已经传到警察的耳朵里了。

"远藤先生的太太好像是樱泽友一郎的粉丝吧。他到底哪里有魅力？"我试着询问。我想知道从女性的视角来评价的话，樱泽友一郎会是什么样子。我可不是想要获得受女性青睐的秘诀，只是为了调查案件。

"首先是外貌，我太太认为，樱泽友一郎是一个英俊的男人；头脑机灵这一点在我太太眼里好像也是加分项；在她眼里，最重要的一点就是樱泽友一郎的为人很和善。虽然我认为没有见过本人，不能评价他是否友善。"

粉丝的感觉，大概就是如此吧。

远藤继续说道："女性周刊中也经常介绍说'樱泽先生与人为

善，态度温和'。粉丝们很天真地相信这些话。其实成功人士大都会用友善的态度对待周围的人。"

我也对远藤的看法表示赞同："人在顺境时往往从容淡定，对别人很友善，做到态度谦逊也并不难；但是在逆境时是否还能保持这种态度和姿态，才能看清一个人的本来面目。"

成功者从容不迫，所以更容易汇集人望；失败者则相反，评价也容易变差。这就是悲哀的现实。

火村站在窗边询问道："他似乎很有女性缘。关于这一点，我想问，女性是宽容的吗？"

"大概因为他看上去是个好男人，受欢迎也是理所应当的，即使行为稍微有失检点也没关系吧。我的妻子也是这样说的。真是个有艳福的男人哪。樱泽的话，果真还是年轻的外表起到了作用。不过我觉得，男人拥有与年龄相符的气质很重要，但是最近舆论似乎并不这样看了。如果一个人能够延缓衰老、拥有年轻的外表是因为不用像普通人那样去吃苦受累，那恰恰表明这个人很优秀。这种看法可能也会有吧。"

"又变成了闲聊啦。"我正在这样想着时，野上突然推开门走了进来。与亲切的远藤相比，他显得非常冷淡。这位四十岁的刑警队队长有着比实际年龄更显老的脸庞，穿着一身连刑侦剧里的刑警都不会穿的朴素衣服。他认为我和火村只不过是普通人，并不能真的帮上什么忙。对于我们协助案件调查一事，他总是显得很不开心。

"请进。"

跟随野上走进来的是一位看起来三十五岁左右的女士。她穿着黑色的连衣裙，胸前抱了一束整齐的白色鲜花。一头栗色的长鬈发遮住了她的脸庞，表情显得非常悲伤。

　　野上介绍说："这位女士和死者生前关系很要好，现在来现场献花了。"据说在现场勘查时，他保管了她的花束，并且和她交谈了一番。一问名字，她就是长束多鹤。这下可好，省了我们去拜访她的工夫了。

　　野上让长束坐在亚纱子坐过的地方。她近看是一位瓜子脸的美女，眼神虽然有些锐利，但是认为这样的女性看起来才酷的男性好像还不少。

　　在被询问之前，她将白色的花放在膝盖上，开口说道："因为昨天我很早就睡了，没有看电视，所以案件是通过今天早上的新闻才知道的。我非常震惊……"

　　"你听到樱泽先生去世的消息后，就马上赶来了吧？请节哀顺变。"

　　野上坐在刚才火村和我坐过的沙发上，开始对她做质询调查。火村和我站在一旁，并没有被介绍给她。

　　长束多鹤住在西宫市，职业是园艺设计师。从个人的住宅到公共设施的庭院，她都设计过。她似乎是把自己家当作办公室，所以和我一样，是个自由职业者。

　　"你和死者是什么关系？"在确认了她的身份之后，野上直奔主题。

　　"那是去年春天的事情。我去大阪一家酒店的酒吧时，偶尔会看到他一个人在喝酒，就主动跟他搭话了，因为我是他的粉丝。居然能在那里见到他，我想都不敢想。"

长束多鹤一边玩弄着长发，一边诉说着他们相识的经过。和亚纱子曾告诉过我们的一样。我很在意她强调是偶然相遇，看来她果然还是故意等在那里的。

"你也是一个人去喝酒的，对吧？"

"是的，我很喜欢酒店的酒吧。"

因为在交流的过程中觉得意气相投，所以他们交换了联系方式，约定在同一家酒吧再次见面。从那之后，他们的关系就变得亲密。据说从初次见面开始不到一个月的时间内，两人就发展成了恋人的关系。

"他变得越来越忙，但还是会想尽办法抽时间和我见面。我也说过任性的话，让他很苦恼。"长束边说边用手绢擦拭着眼角，也许是往事涌上心头了吧。野上并没有在意她的眼泪，接着对她进行例行公事的提问。

"你们的感情一直很好吗？我听说，樱泽先生除了你以外还有其他的恋人。"

野上好像也从亚纱子那里听到了这件事。我以为长束会不开心，但是她却显得很冷静。

"他有很多女朋友，这并不是什么稀奇的事情。好像以前就是这样。当然，他与我之外的女人交往，我的确不开心，但是并不会因此烦恼和嫉妒，只要他最后选择的是我就好了。"

她好像是奔着结婚去的，这和亚纱子的证词相左。所以远藤

211

委婉地询问："虽然可能有些难以启齿，但是请告诉我们事实。我听说你和樱泽先生分手了。"

"那是谁说的？"

长束的眼神变得犀利起来。

"这个不能告诉你。为了查明真相，我们有必要知道事实。"

虽然远藤说话的样子很淡定，但是他的语调低沉，透出一股无形的力量，似乎在告诫她：如果说谎，就一定会暴露，那么她就会有麻烦。这大概是刑警的讯问技巧吧。

长束犹豫了一下，但马上就屈服了，仿佛感到已经隐瞒不下去了。

她说，大概半年前开始，樱泽友一郎变得冷淡起来，4月份的时候通知她，打算与她分手。

"我多次好言相劝，明明我一点儿错误都没有却被抛弃了，我不能忍受。我说我不要分手，他却说：'我们先不要见面了，我想重新梳理一下我们的感情。'所以这三个月来，我们之间只有邮件的往来。事实上，是我总给他发邮件，他却从来不回复我。"

原来如此。难道是她发觉如果调出邮件就可以知道亲密的恋人关系并没有持续，即使说谎也没有用，所以才向我们坦白的？但是我们并没有找到被害人的手机。

"他说出那样的话是因为他有了新的恋人吗，还是有其他的理由？"

"我也不知道怎么回事呢。"她像闹别扭一样说着，耸了耸肩。

"有关他的新恋人，你知道些什么吗？"

"好像是一位比我年轻十多岁的小姐。我并不知道她是谁。"

"你没有想过要调查一下吗？"

她歪了歪嘴。

"我不会做那种没有意义的事情。我没有闲工夫去跟踪他，也没有钱去雇侦探。"

"是吗？很抱歉，我失礼了。只是因为我想如果是我，我会那么做，所以就问了一下。请别放在心上。"说完，野上提出了下一个问题，"还是想冒昧地问一下，你昨天晚上在哪里，都做了什么？"

长束倒吸了一口凉气，似乎没有预料到会被问不在场的证明，她露出一丝不满，但是并没有抗议。"那个，昨天晚上……"

她说，直到 6 点她都在西宫市的幼儿园进行商谈，6 点半回了一趟家，因为午饭吃得比较晚，所以没有吃晚饭就直接开车出去了。8 点 15 分的时候进入了芦屋市内的一家饭店。

"虽然我说过，我喜欢在酒吧里喝酒，但是在饭店我可一点儿都没喝。"

喝不喝酒无关紧要。不，那也是很重要的。现在的问题是饭店的地址。虽然说是在芦屋市，但芦屋的范围也很大。那个饭店距离犯罪现场大概有多远呢？

"是在住宅区最里面的一家很隐蔽的店，那附近有谷崎润一郎纪念馆。"

这么说来，是在阪神电铁的芦屋站和国道 43 号线的南部吗？从这里开车的话，最快大概十分钟便可以到达。十五分钟足够了吧。

"那么，你还记得是几点去的吗？就是昨天的事情。"

"开车的途中，'我现在过去还有空位置吗？'这样预约了之后就过去了，不可能记不住。这可以证明我不在现场。"

"嗯？你说可以证明你不在现场，你不知道作案时间，对吧？你为什么会觉得不在场的证明能够成立？"

长束看起来丝毫没有动摇。

"请不要吹毛求疵。我虽然不知道作案时刻，但是我会尽可能告诉你我的行踪。这应该可以证明一切的。"

被当面还嘴的野上，面无表情地问了下一个问题。

"樱泽先生的死不是事故，也不是自杀，是被别人杀害的。你知道有谁会恨他、和他反目吗，或者在工作上有对他不满？"

"并没有听过这方面的消息。我刚才说过，这三个月我们只有邮件的往来，所以他最近发生了什么我也不知道。"

这时，野上第一次转过头对火村说："你有什么想问的吗？"

犯罪社会学专家把手从裤子的口袋里拿了出来。

"那么，樱泽先生在很多方面都可以被看作是成功者。这样的他在你面前难道就没有表现出什么弱点吗？无论是工作上，还是人际交往上，什么方面的都可以说。"

"弱点？我没有什么头绪。"

她不知道火村是何方神圣，也许在想"真是奇怪的警察"。

她继续回答道："换句话说，就是有什么让他感到苦恼的事情，对吧？您是想知道，他并不是对自己身边的事情和在意的事情沉默不语，而是会对亲密的人敞开心扉的类型，是吗？"

姐姐亚纱子不仅说了他和北澄萌衣、长束多鹤的交往，还说了他们最初的相识经过。因此，火村推测他应该是一个健谈的男人吧。

"他也许不是个守口如瓶的人，却不会泄露秘密。但是也曾抱怨过秘书不够机灵、做经纪人的姐姐工资太高这样的事情。"

仅凭这些信息，无法判断是否会发展到杀人的地步。

"你来过这个家吧？最后一次来是什么时候？"

"今年的 1 月份，不，是 2 月初。打开空调的暖风后，屋里很暖和，我们坐在这个沙发上喝酒，那时还很幸福。不过，当时他也许在琢磨什么时候和我谈分手的事情。"

她抬起头来，询问在场的人："你们会彻底地搜查这栋房子吧？桌子的抽屉、电脑里的资料、床底下和天花板都会搜查吧？"

野上回答说："我们会的。"

"要是能找到对本案调查有帮助的线索就好了。"她的这句话真是意味深长。

远藤反问道："你指的是什么？"

但是，膝上放着白色花束的女人并没有回答。

4

　　虽然被害人的手机去向不明，但是警方查到了北澄萌衣的联系方式。在去电话公司调查通话记录之前，警察按顺序查明了神户市内姓北澄的家族。对于我们的请求，北澄小姐同意在她选定的地点见面。我原以为她可能觉得我们一窝蜂地跑到她家会让她很困扰，所以会选择不显眼的咖啡馆，没想到她希望在芦屋警察局进行，看来咖啡馆都不能让她安心。

　　远藤乘坐火村的奔驰，我也开车跟在后面，赶赴见面的地点。芦屋警察局在阪神芦屋站的北侧，面向芦屋河。

　　我和火村经常去各个地方的警察局拜访，时而会遇到感兴趣的建筑物，芦屋警察局的建筑也很有意思。它原来是昭和初期建造的罗马式建筑，是一栋小巧玲珑的三层楼房，连正面大门所对的拱门上的猫头鹰像都雕刻得那么精致。这里在 2001 年实行抗震化时进行了改建，在保存旧的办公楼、不破坏原有风貌的基础上，又加盖了一栋新的办公楼。

我们从朝西的大门进入警察局，来到了二楼。北澄萌衣在约定时间之前就到了，已经在会客厅等着了。我们一进入会客厅，她就迅速站起来打招呼。

听说她是大家闺秀，果然是肌肤雪白、楚楚动人，一头秀发又长又直，垂落到腰际。樱泽友一郎可能是喜欢长头发的女人。她穿着荷叶边领子的外套、及膝的百褶裙，很有品位，也很适合她。只是，她的面部表情有些僵硬，眼睛则比一般人要大，弯弯的睫毛很长，正因为如此，她的眼睛显得更明亮、更有神。

"您辛苦了。但是选择这里您是明智的。要进行秘密会谈的话，没有比这里更适合的地方了。"

远藤亲切地说完之后，递上了自己的名片，然后介绍了在他两侧已经落座的火村和我，请她允许我们也参加这次会面。

"如果在这里说的话不会被公开，那么他们在场也没有关系。"北澄萌衣用微弱而清脆的声音明了地回答道。

她和父母一起住在市中心，从女子大学毕业之后就在家里帮忙。她的父亲经营着贸易公司，家境比较富裕。她在毕业实习时，也曾在一家事务所做过兼职，但是在那里受到欺负之后就辞职不工作了。虽说这样，但是她也并不是闭门不出，她说自己每天都要为学习钢琴、英语和烹饪等事情而外出。这样的话，大概就很容易在父母不知道的情况下和比自己大很多的恋人约会吧。

"为了治愈在做兼职时受到的伤害，我接受了心理咨询服务。因此受到了樱泽先生的照顾。"

她甚至说明了曾受过怎样的欺凌。大概就是被别人在背地里说坏话，但是好像并没有那么严重。这对于友一郎来说，应该不是什么棘手的问题。她用委婉的语气讲述了在这个过程中两个人如何变得亲密。总之，她被友一郎吸引的同时，友一郎也主动接近她。在她连续做了三次心理咨询辅导、稍微恢复了一些的时候，两个人就发展到一起去温泉旅行的地步了。如果她说是和大学的朋友在一起的话，也是可以晚上出去玩以及在外留宿的。听起来，她的父母不太会束缚已经成年的女儿。

因为友一郎很忙，她并不享受这样匆匆的见面。可以安下心来好好地约会，一个月也就那么一两次，地点每次都是在大阪或者神户。一般是先在可以保护个人隐私的高级饭店用餐，然后一起去菩提树庄园。作为知名人士，也许自己的别墅才是最能感到安心的地方吧。

"你和樱泽先生的关系非常好，对吧？"

"是的，无论什么时候都很开心。"

我也希望有女性在和我约会时有这种感觉。真想有机会试试看。

"你们也会有吵架的时候吗？我和我太太虽然感情很好，偶尔也会吵架的。"

远藤的语气比平常更加温柔。我转过头，看到火村的侧脸面无表情。

“我们偶尔也会轻微地吵架，但是十分钟左右就和好了。”

哎呀，这让我这个单身汉感到不是滋味，人家恋人之间有那种十分钟左右就能和好的小别扭。

“这种程度的不是吵架，只是调情。和樱泽先生的关系变得更加亲密之后，你们有要结婚的打算吗？”

友一郎这么受女性欢迎，也许会主张自由的独身生活，不会这么简单就放弃单身吧。在我觉得他们俩的想法可能会在这一点有所分歧的时候，她却说：“我从来没想过要结婚。”

“为什么？”

她用大大的眼睛与远藤对视着，毫无迟疑地回答道：“因为我觉得要是成家的话，还是更加稳重一点儿的人比较好。我喜欢孩子，希望可以有一个温馨的家庭。但是樱泽先生却斩钉截铁地说他不喜欢孩子。有这种分歧的话，是不可能结婚的。”

“的确有点儿难哪。那么，今后你和樱泽的关系，你原本是如何打算的呢？”

“我想在近期结束我们的关系，但是我还没来得及说那样的话。”

“如果你那么说的话，他会有什么反应呢？”

“他应该会很爽快地说‘我也是这么想的’吧。因为除了我以外，他也有其他的恋人，可能他会开心地想‘正好可以一个人梳理一下’。”

这种话可绝对不能轻易放过。

“除了你以外，他还有其他的恋人吗？”

"我虽然涉世未深，但还是可以从樱泽先生的言行中推测出来。他很受欢迎，这是众所周知的。我还没有自恋到要一个人霸占先生的地步。警察先生，您应该清楚，他的确还有别的恋人吧？"

"很抱歉，因为是调查机密，我还不能回答你。就像现在这样，我们会严守秘密，所以请你放心。"远藤把这个话题岔开。作为调查员来说，这是正确的应答，但也可以说是在陈述事实。友一郎曾经和长束多鹤在一起，但是已经分手了，能不能算得上恋人还有待商榷。

"即使有，我也不会嫉妒，不会悲伤。我原本下定决心，在分手之后要迈出新的一步。但是我没有想到竟会以这种形式跟先生分手，我实在太悲伤了，胸口也很痛。"

"确实是这样啊。"

叹了口气之后，远藤开始询问昨天夜里的事情。

好像已经预料到会被问到这个问题，北澄小姐简明扼要地回答道："昨天下午3点到4点，我在三宫的英语培训学校上课，那之后在综合商业街逛了街，不过没有买什么东西。6点半左右开始，我在元町的一家名叫'柔情'的饭店吃了晚饭。"

"是你一个人吗？"

"是的，我的父母去参加同学聚会了，所以是我一个人在外面吃。"

我对夫妇一同去参加同学聚会感到很诧异。但实际上是因为她的父母好像是同一所高中毕业的同学。

"从饭店出来时大概是7点45分吧。我不想回家，想呼吸一下外面的新鲜空气，便开车去兜风。这期间我还在一家显眼而漂亮的咖啡馆里坐了一会儿，之后大概 10 点左右回到家。我的父母是在 11 点之前回来的。"

"饭店""开车兜风"这些耳熟的词浮现出来。即使这是偶然的，也是很重要的证词。北澄萌衣要是在昨天晚上 8 点开车兜风的话，就可以很轻松地去到案发现场。

"你平时开车，对吧？抱歉可以问一下车型和车牌号吗？还有咖啡馆的名称，以及在哪里兜风？"

可能是有点儿兴奋吧，远藤连续问了好几个问题。北澄小姐冷淡地依次回答着。在警官把车型和车牌号记在记事本上的这段时间，她想起来了那家咖啡馆的名字。

"啊，对了，是一家名叫'轻松'的咖啡馆。去过的咖啡馆我一般马上就会忘掉的，因为那家咖啡馆和饭店一样是用音乐用语命名的，所以有点儿印象。"

"柔情"这个名字很可爱，"轻松"这个名字好像很舒适、很自由。

"地点是在夙川的跟前，很难用语言描述具体位置。"

"夙川的跟前"也许就是说穿过芦屋市进入了西宫市内吧。

"这个调查之后就知道了。时间是什么时候？"

"进入咖啡馆的时候是 8 点 45 分左右吧。因为心情特别好，所以待了一个小时。"

"你是第一次去那家咖啡馆吧，要是店里的人能记住你，就再好不过了。"

"店里的人应该会记住我吧。老板很喜欢音乐，我和老板就店里播放的曲子聊了一会儿，还被他邀请再去玩儿。"

从元町出来时要是 7 点 45 分的话，8 点多一点儿应该就可以到达现场。我们假设她是 8 点 05 分抵达现场，从现场到凤川附近的咖啡馆（虽然现在还没有确定地点）总共需要十五到二十分钟吧。假设是十五分钟的话，作案时间需要二十分钟。砸死一个高大的男人，并且脱掉他的衣服也不是不可能的。

虽然她说她是在 7 点 45 分从饭店里出来的，但是也可能是 7 点 40 分。到达咖啡馆的时间如果是 8 点 45 分的话，作案时间好像只需要三十分钟。如果比我预测的行动时间还要短的话，即使确认了她去过饭店和咖啡馆，也不能作为不在场的证明。

如果是在 8 点半左右离开作案现场的话，也不是不可能。

接着远藤又询问了车型、车牌号，甚至询问她去哪里了、怎么去的。不过，即使这位小姐就是凶手，也很难想象她会被轻易地抓住把柄。

"我也有嫌疑是吗？明明没有杀害先生的动机。"她稍微露出抗议之色。

远藤低头说道，这只是为了在会议上提交报告的例行询问。

即使她说自己没有动机，我们也无法判断真伪。但是我假想这起事件的原因是友一郎又有了一个新的恋人，于是想要抛弃北澄萌衣，然后悲剧就发生了。虽然在现阶段，这只是个没有根据的想象。

"火村老师，你还有其他的问题吗？"

被远藤问过后，副教授提出了和询问长束多鹤时一样的问题，特别是询问了有关友一郎与亚纱子、鬼怒川正斗的关系。

"他有时也会像开玩笑似的发一些牢骚——让有血缘关系的人做经纪人不合适、秘书的工作做得不够好之类的。我不能跟着乱附和，所以就选择左耳朵进、右耳朵出了。我觉得先生如果累了，就会发牢骚。"

"他对电视台和出版社有过不满吗？"

"没有，这方面他好像是比较满意的。"

"他有说过对将来的希望和梦想吗？"

"他曾说过，虽然加入大型的事务所对他来说比较有利，但是和自己的性格有冲突，所以想自己创建公司。但是只是很模糊的想法。"

"你在那个'轻松'咖啡馆喝了什么？"

我觉得火村提了个无聊的问题，却立刻发觉是自己考虑不周。如果用大正时代的侦探小说的风格来形容就是："看哪，这位大小姐的身体突然变得僵硬，战栗着盯着侦探。"这么说也许夸张了，但是北澄的那双大眼睛睁得更大，应该不是我的错觉。

"……是洋甘菊的香茶。"

大概是她比我先察觉到了问题的意图吧。远藤也察觉到了。最后，我这个推理小说作家也很吃惊。火村真是抓住时机问了一个绝妙的问题。

菩提树庄园厨房的水池里有洗过咖啡杯和茶杯的痕迹。这表示有客人来过，并且好像其中有人要了红茶。尽管北澄萌衣在咖啡馆里点了香茶，但是也不能断定她就是来访者，她也不一定就是在案发当天去的那个家。但是她的反应意味着她对火村的提问很敏感。

远藤探出身子问道："北澄小姐，请不要有所隐瞒。昨天，你上完英语会话课后，去芦屋的别墅了吧？那里好像去过客人。"

大概远藤是觉得如果她真的去过菩提树庄园的话，根据使用的茶杯就可以巧妙地套出她的话。不过，她也可能会坚决否认。

"很抱歉，因为害怕所以没能提到这件事。"

这就是所谓大小姐的意志吧，她就像泄了气的皮球一样轻易地就坦白了。她在 4 点从英语学校出来后就去了菩提树庄园。要是友一郎从东京回来了，他们就可以见面。她到达有池塘的别墅大约是在 4 点半。

"那时先生已经到了，我一边喝茶，一边听他说在东京的工作上的事情。我们还听了音乐，愉快地度过了那段时间。"

"那之后呢？"远藤问道。

好像有点儿难以启齿，她用鼻子哼哼了一下，然后说："就像刚才我说的那样，我对他说我们虽然在交往，但是却对未来没有任何打算，我觉得还是分手比较好。"

"那樱泽先生怎么说？"

"他没有不开心，也没有觉得遗憾，只是说会考虑一下。我预想到在那种场合他不会很轻松地就回答我说'好，那么再见了'。那时，气氛变得凝重起来，然后我就回去了。没想到我在汽车后视镜里看到的却是先生的最后身影。"

她离开菩提树庄园是在 6 点之前，到达元町的饭店是 6 点半。

"大概是当自己一个人的时候，就可以说出难以开口的事情吧，我如释重负了。可能是这个原因吧，我就特别想吃美食。"

她说之后的事情就没有什么需要补充说明的了。我觉得很奇怪，下意识地询问道："等一下，你从樱泽家里出来，心情很低落，所以才到元町的饭店吃饭的吧？那之后，如果是为了缓解心情、开车兜风的话，你不应该返回芦屋一带，而是应该去西面的须磨或明石方向才对呀！"

如果她回答说"我想去哪儿是我的自由"，那么我这个问题也就不了了之了。

她说："您可真较真儿呀。事实上，我中途打算返回芦屋，我想知道他到底是什么心情，所以就给他打了一个电话，但是没有打通。虽然现在想想很可怕，但是那时他也许已经去世了吧。我以为他不想被打扰所以关机了，也许他想一个人静静，所以我就没有去菩提树庄园，而是去了咖啡馆。"

这倒也符合逻辑，于是我说"是这样啊"，然后就沉默了。

"你是 6 点之前和樱泽先生分开的，但是根据你一开始提供的饭店预约时间，你不是应该在他家再待一阵子吗？"火村一边用食指摸着自己的嘴唇，一边询问。

"是的，不过我打算在父母回来之前到家。我想，要是我没提分手，我也许会在外面的某个地方和他共进晚餐，然后直接回家吧。"

这样的话，就不能认为是友一郎在 7 点到 9 点之间和谁约定

225

见面了，就变成杀人犯是临时到达菩提树庄园的。

"虽然我撒了很无聊的谎，但除此之外，我全都说了。请务必替我保密。"北澄萌衣非常恭敬地低下头，长长的黑发遮住了她的脸。

5

在我们询问北澄萌衣期间，桦田警部回到了芦屋警署内的案件调查本部。远藤把刚才的调查结果向警部做了汇报后，他下达指示，要求进行调查来验证北澄萌衣所说的是否属实。远藤于是对我和火村说了句"两位老师，再会"，就旋风般地离开了刑警办公室。随后，警部对留下来的火村和我说明了现场如今的状态。

"现在正准备搜查池塘。池塘很深，而且池水的透明度比较低，所以很麻烦。离岸上较近的地方也有一米深，池塘的中央部分可能有两米深吧。即使使用水中金属探测设备也可能找不到什么东西。我和上级商量过，把水池里的水抽出来会比较快，于是就制订了一个计划。"

如果经常跟随火村去进行实地调查的话，就会知道，这也是警方进行犯罪调查的项目之一。

"今天的调查会议可能要很晚才开，两位老师不用勉强参加。"

"因为我有必须要处理的工作，所以不能待到很晚。明天可能也不行。"

文部科学省好像不会对连续不来授课的火村副教授总是那么宽容，必须通过补讲来弥补漏上的课。接下来无论如何也不能再请假了，明天火村必须站在讲台上。

"确实不能妨碍本职工作呀。有栖川先生怎么样？没有要紧的事情的话，就请代替火村老师出席调查会议吧。"

这对于其他的推理小说作家来说是个难得的机会。虽然我对这个案件的调查情况很感兴趣，但是没有火村，就只有我自己出席的话，就必须做好心理准备，去面对野上冰冷的目光。

"您还有时间吧？再过一个小时，鬼怒川正斗就会来到这里。昨天晚上已经完成了对他的调查取证工作，再加上今天获得的新线索，在这个基础上，我想再询问他一些事情。我让从现场回来的野上负责这个事情，请您也参加。"

我总不能向警部要求换成远藤刑警来负责这件事。答应了之后，我们离开了警署，趁这一个小时的空档去吃了午饭。

附近有一家咖啡简餐店，为了能让火村抽上烟，我们确认这家店可以吸烟之后就进去了。可惜，午餐时间已经结束，只能点咖喱套餐这样的料理。虽然菜单上都是些常见的料理，但毕竟这是家开在芦屋的咖啡馆，挂着吊灯，室内装潢也很高级，还播放着女高音歌手唱的歌剧。

"上个月我去东京的时候，也去了一家这样的店。在那里，我有生以来第一次吃到了猪肉味的咖喱。"我一边用着勺子，一边说。

火村听了感到很惊讶："有生以来第一次吗？是因为关西地区的人以吃牛肉为主吧。"

"可是印度风味的鸡肉咖喱我还没吃过呢，看来无论到了多少岁都会有新的体验哪。"

我们在这家店里吃的咖喱是用上等的牛肉做的，但我觉得牛肉其实可以不用炖得那么烂。

"我怎么觉得我们好像总是在吃咖喱呢？可能是调查过程中总是匆匆吃饭，没有选择的余地吧。"

"而且，大多数情况下都是在狼吞虎咽。今天有时间，我们可以慢慢品尝。"

因为连续地听取了好几位案件相关人员的证言，为了缓和一下心情，我们闲聊起来。

"话说你第一次请我吃饭，吃的还是学校食堂的咖喱呢。那算是我们之间孽缘的开始吗？"

"我那次可是豁出去的，为了请你吃饭，我那天连吃晚饭的钱都没有了。"

火村那时明明带着民宿房东老婆婆给他做的饭，他却说起了卖惨的俏皮话。

我和火村英生是在二十岁那年的春天相识的。当时我坐在阶梯教室的角落里，写着打算用来投稿的小说，火村这家伙坐在我身旁毫不客气地偷看，还会问我："接下来怎么样啦？"他很关心后面的情节进展，想接着读下去。于是，我和他的交往就从那时候开始了。

我问他想继续读下去吗，他却甩了一个英文单词给我："Absolutely（没错）。"我还以为他是刚从外国回来的呢，没想到只不过是个怪人。他越是好奇就越想看，于是打算请我吃饭。我因为自己写的东西受到别人的肯定而沾沾自喜，所以就答应了。我告诉他到下周上课前就可以写完让他阅读，所以他就在学校的食堂请我吃了一顿咖喱饭。其实就在前几天，我已经吃过了同样的东西，所以觉得要是吃点别的东西就好了。不过这一餐我依然吃得很高兴，因为省了一顿饭钱。从这里可以看出，当时我们有多年轻。虽然词典里并没有这样的解释，但是"年轻"就是"没钱"的同义词。

"当时真年轻啊！"火村有些伤感地感叹道。难道我们想到一起去了？不过火村马上又改口了。"现在都三十四岁了，已经不年轻了。"

"但是在上了年纪的人看来，无论到了多大岁数都是相对年轻的，要分和谁比。回首过去，要是你感叹什么'当时真年轻啊'，就表明你是真的老了！"

"你也中了樱泽友一郎《绿色生活》那本书的毒了吗？无所谓，我可不怕老，那是自然规律嘛。"

"嗯，确实是这样。不过不知道十年之后你还能不能这样说。据某位前辈作家说，人从四十二三岁起身体就要走下坡路了。姜还是老的辣呀。那位前辈还忠告我要注意牙齿健康。"

"这不就是上了年纪的证据吗？怎么，你很害怕衰老吗？"

"我可不害怕，但是也不会觉得变老有多好。我只能顺其自然了。"

"每个人的想法都不同啊，因为自己身心一直年轻就得意扬扬的话，只会让别人觉得扫兴。樱泽友一郎在书中说他虽然已经上了年纪，但是并没有变老，变老就等于意义和价值都消失了。"

"而你却说如果不变老，年龄增长的意义也就没有了。你这是在反对樱泽友一郎嘛。"

"只是价值观不同罢了。那位大红大紫的名人把年轻化当作目的，生命都成了他的道具。"

"噢，你说的话真够狂妄，希望有机会可以用到我的小说里。"

火村脸色一沉。

"你瞎引用什么，还不如编辑一本我的语录呢。总之，想永远年轻可不行。"

"年轻人看到有机会永远年轻，会很开心的。"

"是吗？"火村满脸认真地说，"可是人们看到健康有活力的老人，也不会不开心。这样的老人会给年轻人以希望，告诉他们也可以以这种状态老去。总之，我希望自己可以成为那样的老人。"

"你的意思是，成熟或者成长是非常可贵的吧？"

"快别说了。你接下来就会让我给成熟或是成长下个定义吧？我可没有说什么复杂的话。总之，比起什么永远年轻的人，看见渐渐变老的人才让我更加安心。"

虽然我能够理解他的言外之意，但是究竟会如何呢？四十年后，他说不定会成为比高中生还要敏锐、固执的老爷爷。但能否成为年轻人的希望，还是很难预料的。

"凡事还应顺其自然。有栖川老师也许会成为招人喜欢的永远年轻的人吧。"

其实，我是想当个仙人的。

吃完饭后上咖啡的时候，背景音乐变成了男声独唱，偏偏是舒伯特的名曲《菩提树》。叼着烟的火村咂了咂嘴。

"明明想不谈案件，好让大脑休息一下，但还是想到了菩提树庄园。就算看到咖喱都能联想到。"

"从咖喱那里能联想到什么？"

"说到咖喱，就会想到印度；说到印度，就会想到佛；说到佛，就会想到佛祖在菩提树下的感悟。"

"这联系真是有点牵强呀！"

好久没听《菩提树》这首歌了，果然是一首好歌。让我回想起了中学时在音乐课上唱歌的情景。老师解释说，这是以威廉·缪勒的诗为基础完成的舒伯特歌曲集《冬天的旅行》中第五个曲目。一名失恋的男子在夜晚悲喜交加地路过菩提树旁，准备开始流浪并等待死亡的到来。树枝在摇曳，仿佛是在拒绝让幸福停留在这里。

"我不能够认同樱泽友一郎的抗衰老技术，但是把那座别墅命名为'菩提树庄园'，我并不觉得在审美上有什么不妥。但是我不能接受把它叫作'Lindenbaum House'（菩提树屋）。"

"为什么？"

"'Lindenbaum'是德语，'House'是英语，把这两个词混合起来使用显得不伦不类。不过，我不知道'屋子'这个词用德语该怎么说。"

懂德语的犯罪社会学家严肃地说："是 H、a、u、s，Haus。"

"受教了。"

"还要说一点就是，在舒伯特的歌曲集里出现的'泉水'一词的原文是'brunnen'，不是池或者湖，而是'喷泉'的意思。"

如果不是在远离村子的安静的河边，难道那首歌里的菩提树是在街上的一角吗？我完全搞不懂这是怎么一回事。

德语讲座就到此为止。火村的头脑可能已经得到充分的休息，于是他开始分析起案情来。

"从东京回来的被害人与北澄萌衣在菩提树庄园见了面。如果相信北澄的证词，那么她就是在 6 点之前离开的。那么，之后发生了什么呢？ 7 点半时，樱泽和电视台的人在通电话，8 点左右他姐姐亚纱子打来电话时就打不通了。"

"7 点半以后来了一个不速之客，也就是杀人犯。这个人究竟是谁？是长束多鹤，还是其他什么人呢？也有可能是中途返回的北澄萌衣。"

"也可能是亚纱子。"

警察觉得，虽然用石头把人砸死这种手段非常粗暴，但女性也是可以做到的。

"鬼怒川正斗这条线怎么样啦？他不是知道被害人去了菩提

树庄园吗？据长束和北澄说，被害人好像对他的工作态度很不满意。会不会是他被樱泽严厉地训斥后便怀恨在心呢？”

“如果确有此事，那么周围的人应该会有所察觉吧。问一下也许就会知道。可是案发当晚他好像有确切的不在现场的证明。”

有的话更好，就可以排除一个嫌疑人。

“凶手为什么要剥下死者的衣服呢？如果既不是要隐藏被害人的身份，也不是为了自己穿，更不是为了寻找受害人随身携带的某种东西的话，那是为了什么呢？”

“就像推理小说里的谜团一样。如果是有栖川老师的小说，会给出什么样的答案呢？”火村又向我提问了。

“比如说……凶手把他杀死后，想要确认一下这个人到底是不是樱泽友一郎，于是就想要看看伤疤、文身等明显的身体特征。没有脱去他的内裤是因为凶手知道没有确认那里的必要。”

“伤疤和文身？看脸的话，岂不是更容易辨认？”

“这是当然……可能是凶手有什么痕迹沾到了受害人的衣服上，为了毁掉那个痕迹，才脱去受害人的衣服将其扔到池塘里，这样设想怎么样？”

凶手虽然可以在远离现场的地方把这些衣物处理掉，但是看到了眼前的池塘后觉得直接扔进去比较简单。他难道不是这样想的吗？

“即使那么做，血迹也不会消失呀！”

“血迹当然不会消失，但要是其他的东西呢？比如凶手的皮肤组织，或者是凶手带的什么东西发生摩擦后沾到衣服上面去了。”

"那也不必从上到下都脱掉吧。"

"可能他不知道沾到哪里去了，所以，衬衫和裤子全都要脱掉。"

"如果这样，不，不用特意脱去死者的衣服，把尸体直接扔到池塘里岂不是更省事？"

他还是一如既往地不认同我的看法。

我正思索的时候，进来了十多位女性，其中有顶着白发的老妇人，也有风姿绰约的少妇。好像是从什么聚会上过来的。因为她们在数还有多少空座位，所以喝完咖啡我们就起身离开了。

距离鬼怒川正斗到芦屋警署好像还有一段时间，于是我们就在河边的路上闲逛了一会儿。在松树和樱花树鲜明的对比中，林荫路就这样一直向前延伸。初春时节，要是坐电车通过的话，就可以看到芦屋河流淌在粉色的峡谷中。

"我很在意长束多鹤说的话。"火村远眺着芦屋天主教教堂尖尖的屋顶说道。

"她问警察会不会调查菩提树庄园的电脑，把这里彻底搜查一遍。她应该是对什么东西很在意吧？虽然用不着问这个问题。"

"她的态度是有点儿怪，似乎知道友一郎隐瞒了什么。"

"说到电脑里的东西，指的应该是电脑里的资料吧。要是能知道都是些什么，可能会对案件的调查起到很大作用。"

这样做就可以解决的话，交给警察就可以了，火村也没有必要出面了。

"这就是说，如果是什么具有重大意义的东西的话，凶手才会想要把它夺走。"

"有这种可能性。"

"要是这样的话，那么警察搜查房屋不就是白费力气了嘛。在被害人的遗物里并没有发现钥匙。凶手可能是拿到了钥匙才进入他家的吧？"

"但是室内也没有找东西的痕迹留下呀。"

"凶手可能知道东西藏在哪里吧，也可能是在杀死被害人之前，从他嘴里套出来的。"

火村默默地点头，这是有可能的。

"这到底是一起什么样的案件，现在还说不清楚，没什么头绪。不仅仅是你，我也是太着急了。真期待从池塘里可以搜出些有趣的东西。"

风从六甲山吹过了河面。

"要是把人生看成是一年，那么三十四岁正好是现在的季节，是 7 月初。"

在那之后就会迎来盛夏，度过了盛夏就会迎来收获的秋天。

"那样固然好，但是现在可能已经是夏天了。"

我们永远不知道明天会发生什么。要是把人生看作是一年，而要问现在是几月几日，这之后还能度过几个季节，那么鬼听了可能都会发笑吧。

《绿色生活》上面的话是虚无缥缈的。如果可以平安地变成老人，我想把头发染成红色或者黄色后再弄乱，那比外表年轻要有趣得多。

6

"变成这种状况，我真是非常吃惊，吓得都要瘫软了。我不知道事先有什么纠纷，如果什么都没有的话，我想是不是把他当成了别人而误杀了呢。很难想象菩提树庄园的庭院就是作案现场。"

鬼怒川正斗能说会道，仅仅用"是"和"不是"就能回答的问题，他也不会那么简单地就回答完。就算是被问到年龄也不会仅仅说"二十九岁"，而是会加上几句话："我为樱泽先生工作，如果我比实际年龄显老，那么就是我的罪过了。"但对调查取证的人来说，多说不算坏事。

他是一个肩膀宽厚、身体结实的矮胖子。穿着的西装也很合身。他剃成了光头，虽然第一次见到他的时候，会觉得他给人一种压迫感，但是他一开口说话，这种感觉就立刻消失了。他说话的方式让人感到很亲切，那双宛如小动物一样的眼睛很讨人喜欢。

"你的身材真的很好，像是练柔道的一样。"野上很冷淡地说。

鬼怒川露出很不好意思的表情。

"只是一些赘肉而已，练柔道的是不会有赘肉的。我比较弱，无论做什么运动都没有用。只是因为容易打理，就剃光了头。"

野上打断了他的闲谈。

"你的义务是说出事实，不要为了维护死者的名誉而说一些冠冕堂皇的话来欺骗我们。"

光头男子点头答应说："是。我会把知道的事情都说出来，希望对逮捕凶手有帮助。"

鬼怒川是在樱泽友一郎成为公众人物后不久就做了他的秘书，他尽心地工作着，并且他本人也并不觉得自己只是樱泽的随从。在那之前，他在大阪的艺能制作公司工作，但是因为个人原因他辞了职，之后有一段时间无所事事。

"发现了樱泽先生的那位电视台制片人知道了我的事，所以向先生推荐了我，说'你用他吧'。从那以后，我就一直受先生的照顾。我很感谢先生。虽然他工作很忙，但是对我真的很好。"

"作为名人的秘书可是不轻松啊。被任性地使唤，很辛苦吧？"

"先生虽然在工作上要求很严格，但是不是那种无理刁难的人。虽然全年都很忙，但是与警察的工作相比，不是什么大不了的事情。"

鬼怒川在严肃的调查取证中插入奉承话，反而让个性乖僻的野上很扫兴。"这表示你和樱泽的关系很好吗？"

"这是事实。我诚心诚意地为樱泽先生做事，他也是这样评价我的。您要是不相信的话，可以问问别人。你们问过亚纱子了吗？"

野上发出了一声听起来像"嗯"但是又不像的声音，这位不好对付的大叔发挥了他的本领。

"那位亚纱子小姐和友一郎先生的关系好吗？这种事你应该最清楚不过了，只有你能回答。"

"老实说，先生很后悔给亚纱子小姐那么高的工资。仅此而已。并没有抱怨什么不服从他的指挥、不理解他等。至少我没听他说起过这方面的不满。我只在工作场合上与他们接触，至于姐弟关系怎么样，我不是很清楚。"

问题转移到了死者的女性关系。鬼怒川说他知道长束多鹤和北澄萌衣的存在。

"我觉得年轻的恋人就只有她们两个人。至于我为什么知道这些，并不是我去调查的，连亚纱子小姐都知道呢。是先生主动把手机上的照片给我们看，并说'我要回去和这个女孩子约会了'。亚纱子还很惊讶地说：'你和什么样的女孩子交往不必向我报告的。'"

"真是个奇怪的人哪。"野上表示不能理解。

火村说道："也许他觉得和年轻的女性交往是件值得炫耀的事情。"

"可能是这样的原因吧。"鬼怒川抱着胳膊说，"因为他是那种喜欢炫耀年轻的人，拥有年轻的恋人，是先生要展示的抗衰老术的一部分。他交往的对象都是二三十岁的年轻女性。"

野上抚摸着下颚，语气强硬地说："樱泽先生的恋爱经历，你在他身边所以都知道吧。你能把他以前交往过的恋人都告诉我们吗？"

"提到以前交往过的恋人，早就断绝关系的恋人也要说吗？住在东京的女人的事情也要说吗？我觉得这和案子没有关系吧。"

"和案子有没有关系，做判断的是我们。虽然男方打算干脆利落地分手，但是对方可能还残留一定的感情。"

"嗯，可能感情会变弱吧。我最多也只能想起两三个人，要是让我说出以前他交往过的所有恋人……为了确保准确性，可以让我与亚纱子小姐边聊边回忆吗？"

"可以。"

这变成了他的作业。

"鬼怒川先生见过长束小姐和北澄小姐吗？"火村插言问道。野上很不愉快地看着火村的侧脸。

"没有，我不可能见过她们，秘书是不可能陪着约会的。"

"樱泽先生好像和她们的关系有所变化，可以跟我们说说吗？"

"我不知道。先生自己不说的事情，我和亚纱子小姐是不会知道的。"

"据你所知，北澄萌衣是他最近交往的恋人吗？"

"对，她是一个非常可爱的年轻恋人。先生曾一边给我看她的照片一边得意地夸赞她。"

从他那里并没有得到什么有关两段恋情结束的有用的信息。野上清了清嗓子，仿佛在说："行了，这些就可以了。"

"那么，可以再和我们说说昨天的事情吗？为了让火村老师和有栖川先生也能明白，请您从头说一下。"

这次见面的时候，野上破天荒地向对方介绍了火村和我。

友一郎和鬼怒川是乘坐中午 11 点出发的新干线离开东京，下午 1 点半到达了新大阪车站。之后两人在那里分开，鬼怒川去了在梅田的办公室。

"先生曾说过在菩提树庄园过得很舒适。我想可能是和恋人卿卿我我，过得比较开心吧，当然，我没有深入地问。"

在办公室的鬼怒川把在东京的工作向亚纱子详细汇报之后，在 3 点之前就离开公司了。

"我很累，加上旅行包很沉，我没有去任何地方就直接回去了。回到家的时候是 4 点半左右。我把我的公寓地址告诉你们。"

鬼怒川口中所说的住处是在芦屋市内。他住在离菩提树庄园不远的地方。开车的话，到作案现场只需十五分钟左右。

"在东京的日程安排很紧张，回家后，我一躺下就睡着了，虽然我在坐新干线的时候已经睡了一觉了。醒来的时候快到 6 点了。我用现有的材料做了晚饭，之后在家待着有些无聊，所以就在 8 点左右的时候开车出去了。"

他也是在夜里开车兜风。

"我本来想去三宫，但是嫌麻烦就没去，然后去了朋友开的竞技酒吧玩飞镖。当然，我可没有喝酒。"

那个店在 JR 铁路甲南山手车站的附近，是在芦屋旁边的火车站，离菩提树庄园有十五分钟左右的路程。

"我们的调查员已经调查过那家店了，确认完毕。"

"太好了，除了我朋友，还有几位面熟的客人，我想他们也可以为我做证。"

他的朋友也就是店长以及其他几个人告诉调查员，鬼怒川和往常一样是在 8 点 45 分来的，之后一边喝清凉饮料，一边玩游戏，连 9 点半的时候鬼怒川的手机响了这件事情也说了。

"我接到亚纱子小姐打来的电话后非常吃惊，于是马上赶往菩提树庄园。到达那里的时候是 9 点半左右，那之后的事情，警察先生都知道了。"

也就是说，在 8 点 45 分之前他都是一个人在行动，所以有可能作案。因为他家离作案现场很近，可以说即使他是清白的，不在现场的证明也很难成立。

"也就是说，即使证明了我去过竞技酒吧，也不能成为不在现场的证明，我还是会被怀疑，对吧？"鬼怒川小声地问野上。

"现在没有怀疑你的理由。"

"虽说是这样，但要是有不在场的证明的话，就可以从嫌疑人的名单中排除，如果没有的话就还是嫌疑人。警察们还是会觉得凶手一定在和樱泽先生关系很好的人中吧。但是我并不这么觉得。"

他好像有什么想法。

"我说说我的想法，可以吗？凶手是和樱泽先生并不亲近的人，可能都没见过面。"

野上耸了耸一侧的眉毛，轻轻点头说道："那就说说看吧。"

"凶手是在池塘边行凶的，可以看得出来，是在樱泽先生偶尔去散步的地方袭击了他。可能不是偶尔去那里。"

"这是怎么一回事？"

"我想说的是，凶手可能埋伏在先生家门外，等待先生出来。如果是和先生很亲近的人的话，那么按门口的门铃就可以进去吧。但是凶手是不可能这样进去的。因为并不是亲近的人，也没有什么关系。在室外杀人是有风险的。虽然先生的邻居一家离先生的住所比较远，但是凶手应该还是不想让邻居看到的吧。然而凶手还是冒了这个风险，因为他不能稳妥地进入室内。昨天夜里，警报系统也没有启动，对吧？"

菩提树庄园里贴着知名安保公司的标志。要是有谁想要强行闯入的话，警报就会响，安保公司就会察觉异常，应该会马上赶往现场。

"没有启动。"

"凶手没有正常进入室内，也不是破门或者破窗而入的，而是在外面埋伏着。仅仅是进入庄园的宅基地范围内的话，警报系统是不会有反应的。"

"没有见过面的人为什么要埋伏在友一郎散步的地方并且将其杀害呢？"

"可能是某种心理变态的人吧，也许是嫉妒先生的外表年轻，也许是故意来找碴儿的人吧。虽然没有人直接逼问过先生，但是有人曾在先生的著作里附带的读者卡片上写过类似的内容给寄来了。"

心理变态的人埋伏在路边，伺机杀害了友一郎。这是一个飞跃式的假设。野上叹了口气。

"没有证据就是空谈。凶手没能正常进入室内？你是看我们太忙就趁机乱说胡话吧？也许凶手就是按了门铃，进了室内，然后被樱泽先生邀请去散步，接着在池塘旁边行凶，这样看来不是更加自然吗？"

鬼怒川对自己被这样评判好像有些意外。

"我真的说了些奇怪的话吗？如果被邀请散步的话，您不觉得在出去之前作案更明智吗？在家里作案的话，风险没有那么高。"

"大概是到了池塘旁边的时候才萌生了杀意吧。为了排除自己的嫌疑，才说是素不相识的心理变态的人作的案。"

鬼怒川耸了耸宽大的肩膀，沉默了。听着这番对话的火村用食指摸了摸嘴唇。

"你的见解可能会……作为参考。"

"啊？"

自己的见解被意想不到的人评价，鬼怒川有些困惑。

也许是想起来了什么，犯罪社会学者微微一笑。看见这一幕的鬼怒川嘴角微微颤抖，好像在无声地诉说他心情不好一样。

7

我驾车行驶在深夜的阪神高速公路上，打算吹舒伯特的名曲《菩提树》，我没有火村吹得好，声音嘶哑，旋律也总是断断续续的。

调查会议在 11 点半的时候结束了。因为已是深夜，远藤邀请我去他的道场留宿，但是我很郑重地拒绝了。于是，远藤就让我睡在野上的旁边，那我只能逃走了。总之，我只是从头到尾参加了整个调查会议。

梳理了友一郎的朋友关系后，大家发现在友一郎的周围没有发生过大的纠纷，但是在会上引起大家注意的是，有一位青年实业家向北澄萌衣求婚这件事。大家猜测，虽然她说自己是因为和友一郎交往没有未来而分手，其实可能是为了抓住更好的姻缘才要分手的吧。而友一郎拒绝分手让她失去理智，最后酿成了现在的悲剧。当然，她本人承认去过菩提树庄园，也是导致大家如此认为的重要因素。

不过，大家认为，被樱泽友一郎单方面提出分手的长束多鹤有着更明确的杀人动机，这个看法目前占主导地位。但是也有几位调查员说亚纱子和鬼怒川很可疑，因为他们总觉得"两人的姐弟关系并不是很好"，"鬼怒川也有心怀不满的事情吧"。

调查员们还汇报了对樱泽友一郎在东京市内和大阪市内两套房子的调查情况，没有什么特别的发现。电脑上的资料都是些什么内容要在明天早上的会议上才公布。

会上就受害人被剥去衣服这件事情也进行了激烈的讨论，但还是没有走出火村和我的谈话范围，它被视为这个案件最大的谜团。桦田警部突然问我："像这样的案件在推理小说中没有出现过吗？"这时我感到很焦虑。要是能举出相符的例子做一下介绍，也不枉费我这次敬陪末座。

我只发了一次言："那棵菩提树的树干上有没有刻什么字？"结果遭到一阵冷嘲热讽："被害人可不会为了我们的调查就把凶手的名字刻在树干上啊！"说的也是，被害人在被突然击中头部后就倒下了，他不可能在树干上留下什么信息。

不过，这个想法是我从舒伯特的歌曲中得到的联想，"菩提树的树干上刻写着爱的语言"。这句歌词和本案没什么关系，仅仅是因为菩提树让我产生了联想。

大阪海岸的街灯就在前方的右手边，通往那里的道路舒缓而蜿蜒。

因为没能好好吃晚饭，所以现在我肚子饿了。冰箱里应该还有昨天剩下的咖喱吧。又是咖喱，不过我回去好像只能吃这个。

"我怎么觉得我们好像总是在吃咖喱呢？"我想起了火村这句话。

那个在上课时偷看我写的小说的男人，没想到我和他已经认识那么长时间了。当初也不可能想到我们两个人一个成了犯罪社会学家，一个成了推理小说作家，还一起在杀人案件的调查现场出现。

不过，他读了研究生，单从这一点便可以预见到他以后会成为犯罪社会学家，这样优秀的男人只要想做，就一定能成功吧。

说起我，虽说从高中开始就立志成为推理小说作家，但是完全没有看到希望成真的可能性。"我要是不能成为推理小说作家，还有谁能成为？"我这样激励自己。但每每几个小时过去后，我又觉得这不过是一个虚无缥缈的梦想，继而变得很失落。

火村在芦屋河畔岸散步时，眼里闪耀着恶作剧一般的光芒，对我说："有栖，让我来猜猜看你新作品的题目会是什么。"

"你想干什么？这怎么可能猜中呢？"

因为我对编辑都没有说过题目，要是他能猜中，那真是见鬼了。

"难道不是《菩提树庄园杀人事件》吗？"

"大错特错。"

听到我这样的回答，火村苦笑了一下。

"不对吗？看来我的直觉也不行啊。"

我要求他说说为什么要这样猜测。

"桦田警部在池塘边说出'菩提树庄园杀人事件'这句话的时候，可以看得出来你好像受了一点儿冲击。我是根据这个推测的。虽然只是偶然，当时你却很吃惊，恐怕是因为和自己的作品题目重合吧？"

桦田警部当时是这样说的："按照有栖川先生的小说风格，这次事件可以称作'菩提树庄园杀人事件'。"我确实很吃惊，他说的居然和我的作品名一致。但那不是我正在写的新作品。

为了对火村公平一些，我对他说出了事情的真相。

"虽然你的直觉不够好，但是观察很敏锐。我以前写过同样题目的小说，所以很吃惊。"

"啊，你说的是那部没发表的小说吧。我真是失策，没有考虑到这个可能性。是那部你出道之前的落选作品吗？"

大学毕业后，我一边在印刷公司的营销部工作，一边反复投稿，花了很多年才如愿以偿。我并不是那种通过获得文学新人奖光荣出道的人，因为佳作入选而出道才更像我的风格。

在电话里，当我告诉火村我的书出版了的时候，火村简短地说了几句真心祝福的话。我们分别在京都和大阪，虽然不能经常见面，但是他知道我很焦急。所以，他才问我是不是出道之前的落选作品。

被他这样一问，我就说出来了。

"不，比那个时间更久。那是我有生以来写的第一部推理小说。"

"这样的话，那可是值得纪念的作品。比我第一次读到的作品的时间还久远吗？"

"比你第一次读到的作品还要早三年吧。"

那时我才十七岁，正在上高中二年级。

在生平第一次写推理小说之前，我还写了有生以来第一封情书。7月8日那天我鼓起了所有勇气，把情书亲手交给了对方。她没有吃惊，只是收下了情书，微笑着说了句"拜拜"就走了。我满心期待她的答复，而她只说了句"拜拜"。

我想没能收到回复也好。连没有经验的我都可以想象到，收到自己并不感兴趣的另一方的情书是一件很让人困扰的事情。

"情书和推理小说之间有什么关系吗？"火村很疑惑。

把情书交给那个女孩儿的第二天，她没有来学校。而前一天晚上，也就是我递给她情书的那晚，她是企图自杀的。没有什么明确的原因导致对人生产生绝望感，因为饱受厌世感的煎熬而割腕自杀了。也许是和年轻人特有的烦恼做个了断吧。

"她对好朋友好像说过这样的话：'我觉得即使活着也很无聊。'也许我的信在她眼里看来也是无聊的象征吧。"

现在，我可以笑着说那件事了，但在那段时间里我真的很悲伤。我一度陷入了悲伤的深渊，无法自拔，所以写了推理小说来安慰自己。我从过去设想的圈套中即兴地琢磨出了几个故事，重新梳理了混乱的顺序，创造了新的世界。就这样，我的精神得到了慰藉。

"那部作品就是《菩提树庄园杀人事件》。这是我，有栖川有栖永远不会发表的作品。"

我把一切都告诉他了。这样深埋心底的事情，到目前为止，我只说过一次，我在做公司职员的时候，和一位意气相投的广告公司的人去喝酒，在酒精的作用下说了出来，仅此而已。不喝酒就不会说出那些话，人一时兴起，什么都敢说，真是很可怕。桦田警部也是多此一举，说了不该说的事情。

"高中时代你就经历过那样的事呀。真是艰辛的回忆呀。"火村只能如此评论。

借此机会，我也想问问火村的情况。

他一直致力于犯罪，特别是杀人案件的研究，应该是有原因的。既然被我这么问了，他就肯定要说了。

"因为我曾经想过要杀人。"

正因为如此，他非同寻常地憎恨杀人这种行为的罪恶。另外，他想逼近难以辨别的人性的一端，无论这是他追求理论上的飞跃也好，还是具有怀疑精神也好，都是可以理解的。

那么，他是什么时候对谁起了杀心呢？关于这一点，即使他给出暗示，我也想不出是为什么。在二十岁遇到他的时候，他已经克服了危险的冲动，在学习犯罪社会学了。也就是说，那件事是发生在他十几岁的时候。也许，他在和我相遇之前出过什么事吧。

我看过他做噩梦的样子：他惨叫一声，跳了起来，然后深深地凝视着自己的双手。他正在被诅咒。

"要让火村老师说出年轻时曾受到过的精神创伤，就只有趁现在了，让我们来听听吧。"我想这样说。而火村只是沉默地叼着骆驼牌香烟，借着抽烟拒绝说话。

250

果然还是无法知道他的过去。我们总是在同样的地方语塞。如果连试图解开谜团的侦探本身都变成了一个谜，那就没办法了。

我回到自己的房间时，12点已经过去很久了。我一边用文火煮着咖喱，一边查看电脑里的电子邮件。这时，放在桌子上的手机响了。是火村打来的。

"你可真会挑时候打电话。我正回想着调查会议的内容，准备吃夜宵呢。"

"这样看来，我的电话打得不是时候哇。对不起啦！"

他的态度还真是谦逊。于是我的内心也平静下来，关了炉子上的火，把会议的内容详细地告诉他。说完后，我想听听他的看法。

"现在还不清楚这是一起什么样的案件。把池塘中的水抽干后，应该会有什么东西出现吧。"

"警方从地方建设局借来抽水车，一口气把池塘里的水都抽干了。我还没见过这种场面呢，明天我打算去参观一下。"

使用"参观"这个词显得我过于悠闲了吧。

"那就拜托你了，如果有什么有意思的东西出现就告诉我一下。我从今天晚上起就能自由活动了。你好好吃夜宵吧，我都闻到拉面的香味儿了。"

今天，火村这位大侦探的状态好像不是很好。

8

印有"国土交通省"字样的抽水车正在迅速地抽排污水，它一般是在进行河流管理和水灾修复工作时，才会用到的特殊车辆。车上搭载了动力发电机，只要是车辆能进入的地方就可以作业。

这辆车的性能之高超出了我的想象，让我大吃一惊。听说仅用十分钟就可以把二十五米长的泳池池水抽干。抽出来的水被排放到了离这里有一百五十米远的芦屋河。

在一旁的远藤说："有栖川先生看上去很震惊啊，我也是呢。"

他说他也是第一次穿着制服和长靴经历这种场面。

抽水作业开始后还不到三十分钟，池塘的水位就大幅下降了。以目前这个速度的话，可能很快就可以见底了。

"到底会出现什么宝贝呢？"远藤兴奋地摩拳擦掌。虽然他看起来像个慈祥的老爸，但是他的天职还是警察呀。

"这里有什么东西！"远处有一名调查员指着菩提树下大声喊道。那一带的水已经被彻底抽干了，露出了池塘的底部。"那个东西"并没有落在池塘底部的泥土表面，而是插在了靠近岸边的一个泥洼处。那个东西有一抱大小，外面套着塑料袋，里面是一个黑色的包。

伺机而动的野上打头阵走入池塘里，溅起了小小的飞沫。其他人并没有跟着下去，而是关注着野上的一举一动。这位刑警队长弯着腰使劲儿把包拔了出来。包有些厚度，并且没有可以手提的地方。野上静静地把包放到了岸上。

附近的调查员围了上去，我也透过人群朝那看去。从塑料袋里取出来的包是塑料材质的，看起来还很新。

"打开看看。"不用桦田警官说，野上也打算把包打开，但是却不大顺利，因为上了锁。我伸头去看了看上锁的地方，锁孔附近还有用钉子或铁丝撬动的痕迹。那个痕迹看起来也很新。

"看来装了很重要的东西呀。"

野上敲了一下包。从包不光被沉到池塘里，还陷入凹陷的坑里来看，是想把它藏起来的样子。只是用塑料袋裹起来并不能确保充分地防水，所以包本身是完全防水的吧。他轻轻地摇晃了一下，包里面发出了微弱的声响，好像有文件类的东西装在里面。

"把它带到本部去，在那里打开它。"

这时，我想把第一波的信息告诉火村，但是他正在上课。等确定里边是什么东西之后再联络他吧。

野上再次下到池塘里，在发现包的附近勘查。池塘底部附近有几处天然的泥坑，藏包的人利用了其中一个。因为池塘不像是大海或河流，包不可能是被波浪的力道插进去的。

"如果跟事件有关就好了。"远藤冷淡地说。不知道为什么，他的热情下降了。

"探宝成功了，里边装的说不定是逃税后的秘密财产呢。都把抽水车派来了，如果真是秘密财产的话，高兴的只有税务署了。"

"说不定这个袋子也是线索呢。"这时正在调查塑料袋内容物的桦田说道。袋子上沾有红褐色的污渍。

"难道是血迹？"在我看来应该是这样的。

"好像是这样。凶手太大意了，可能认为扔进水里痕迹就会消失，所以用沾了血的手碰了袋子。如果回去采集指纹，案件马上就能解决……我这个想法太天真了吗？"

塑料袋被送回去鉴定了。

"血迹有可能是被害人的。如果是那样的话，就算是装有逃税后藏起来的钞票，也不能说跟案件没有关系。"

不用我细说，远藤眼中的光芒复苏了。"有可能是围绕秘密财产进行的犯罪，我们还没考虑过这条线呢。"

这时，排水作业结束了。池塘变成了一个分布着水坑的大窟窿。

包括远藤在内的调查员们相继进入泥泞的坑里，开始找寻有可能出现的证物。手持金属探测器的调查员也挽起袖子开始工作。

大家一边清除被风吹来的垃圾，一边搜查。虽然池塘整体都是调查对象，但还是把人手重点安排在了犯罪现场的周围。

桦田指示，把散落在距离岸边十米远以内的拳头大小以上的石头都收集起来，因为这些石头有可能是凶器。

一名调查员在距离岸边三米远的地方发现了一个小东西，在阳光的照射下它闪闪发光。

那是一个钥匙环，上面挂有四枚大小不等的钥匙，若其中一枚与菩提树庄园的门锁吻合，就可以判断为被害人的物品。马上就可以查明真相了。

"这是什么呀？"远藤喊道。水坑里好像有什么东西。他用镊子夹起来一看，却比防水包更让人意想不到。

"居然会出现这种东西……"

桦田打开手帕接过了那个东西。是一把自动式手枪。火村说过"这是一起什么样的案件还不能过早定下结论"。现在又出现了手枪，这真是越来越让人感觉迷雾重重了。

"这是一把勃朗宁 M1910，口径三十二毫米，虽然枪口开着，但不是真枪。"桦田沉吟良久，终于开口说道。这不是一把真枪，好像是仿真枪。我抻脖子去看的时候，他把仿真枪向我递了过来："来！仔细看看，虽然做工很精巧，但是个仿制品。没用惯真枪的有栖川应该也能判断出来。"

我把这把枪拿到眼前，仔仔细细地把玩了一下。

"嗯，但是这仿得也太逼真了，我感觉已经违法了。"

"枪口没有堵上，也没有涂上白色或黄色的漆，明摆着触犯了法律。虽然日本以前也有允许这种爱好的时代，但是如今不光是制造和贩卖，连持有都是被禁止的。这把枪应该有些年头了。"

虽然是有年头的物品，但应该不是这几年一直浸在水里，因为枪身上没有一处生锈的地方。

"虽然无法判断是从什么时候开始沉入池底的，也有可能是两天前扔进池子里的。从它所处的位置来看，可能跟案件有关。樱泽友一郎说不定有收集仿真枪的爱好呢，必须得调查一下。这把枪也拿给鉴定科。"

这时传来消息，之前找到的钥匙环上的其中一把就是菩提树庄园大门上的钥匙。线索不断浮现，现场的士气高涨起来。调查员们不顾浑身上下满是泥水，继续寻找下一个线索。

用塑料袋裹起来的包、被害人的钥匙串、精巧的仿真枪，下一个会是什么呢？会有意想不到的东西出现吗？大家满怀期待，耐心寻找，但是只有时间在流逝。

"我们回调查总部吧。"我向桦田建议。听说刚才那个包能被打开，我特别想去看看。

"已经做好开锁的准备啦？"

"警方给制造商打电话，让他们把开锁的钥匙送过来了，其实本来不需要这么做的。"

桦田警部手里拿着装证物的塑料袋，那里边装着钥匙串。不用他说明，我也知道他是什么意思。

"最小的那把有可能就是包的钥匙。"

"是呀，如果先找到这个钥匙串的话，就可以现场试试能不能把包打开了。哎，不可能什么事都那么如意呀！"

我们离开池塘边，走向停车的地方，桦田说："把包扔进水里的是受害人本人吧，而且还是在一个星期之内发生的事情。"

　　"这是怎么判断出来的呢？"

　　"今天的早会上，调查受害人电脑的调查员报告说，樱泽友一郎在 8 日网购了一个具有防火防水功能的包。警方在受害人的公寓和别墅里都没发现那个包，所以我留意了一下，原来是用在了这里，真是没想到。"听完以后，我非常想知道包里装的到底是什么东西。

　　一到芦屋警署，我就径直向一号调查室走去。包已被放到了那里的桌子上。这时，制造商派来的一名男职员刚好拿着钥匙赶来。

　　"是什么样的钥匙？"

　　桦田把男职员拿来的钥匙和钥匙环上的钥匙做了对比，怎么看都是一样的。看来让他白跑了一趟。

　　"你试试这个。"

　　从桦田手中接过钥匙环上的钥匙，男职员在插入钥匙孔之前就像是在找借口一样说："钥匙孔上有强行开锁的痕迹呀，钥匙孔最好还没坏。"

　　男职员一拧钥匙，传出一声"咔嚓"的声音，于是包上面的盖子就打开了。完成了使命的男职员松了一口气，之后就退了下来，和桦田换了一下位置。

　　"感谢您百忙之中前来协助，真是帮大忙了。"

　　男职员退出后，桦田打开了包。里面放着五个塑料袋，每个塑料袋里都装着分成小捆束好的各种信件和照片。信件都没有开封，信封上写着樱泽友一郎收。看了一下寄件人，其中有一捆是长束多鹤写来的，另外一捆是北澄萌衣写来的，其他信件的寄件人也都是女性的名字。

桦田轻轻地吹了一下其中一封信的封条，用戴了手套的手轻轻地抽出了里面的便笺。那是长束多鹤写来的信，我大致扫了一眼就明白是一封感情炽热的情书。

写信日期是今年的 1 月 6 日。樱泽友一郎突然有工作要忙，于是就取消了约会，这之后长束多鹤就写来了这封情书。内容多是些打情骂俏的私密话。其他人读来总有一种偷窥的罪恶感。

接着又看了第二封和第三封，也都是感情炽热的情书，其中还有一些猥琐的内容。我们感兴趣的不是谈情说爱的部分，而是与杀人事件有关的纠纷和争吵。但是，继续读下去也没找到相关内容。

照片更是让人看不下去，里面有类似于艺术摄影的裸照，几乎都是在卧室拍的。为什么要在卧室拍这种照片啊？

"拍摄的人毋庸置疑，肯定是樱泽友一郎。被拍的都是他的新欢旧爱。"桦田警部有些不悦地说，照片被他放回原位。放照片的塑料袋里还有 U 盘。不难想象里面保存的是什么东西。

"他是有预谋的吧。两人交往顺利的时候，他就把这些东西收集起来，为避免分手时对方纠缠做准备。我觉得不仅仅是兴趣。"

有几封信里都出现了这样的句子："如果这是你希望的。"意思就是，既然你这么殷切地期盼，那我就丢掉廉耻来写这样的信。这也是为了防止在分手时对方纠缠，友一郎硬要对方写的。

对方也不是总写这种信件，有数名女性在信中质问他"你连个短信都不发给我"，从这一点可以看出，友一郎并没有给女性留下任何感情信物。

"真卑鄙呀！"我不禁提高了声音说。

"是呀，只能这么说了。长束多鹤好像由于不肯分手，受到了来自被害人的压力，所以也做好了心理准备，知道警方搜查他的住宅的话一定会搜出什么东西的，就是指这些信和照片。现在的问题是，她为什么会知道这些照片和信的存在。"

这些信和照片并不是恋人之间秘密欢乐的信物。

"北澄萌衣呢？她怎么样？"

"她呀，没什么好说的。她和长束她们刚好相反，似乎是他用那些东西来威胁她不要离开自己，否则就会将那些东西公之于众。"

桦田将 U 盘取了出来，虽然这项工作并不是很愉快，但也不得不调查里面到底都存了些什么东西。

我们走到警察的房间，拿出笔记本电脑播放 U 盘里面的东西，画面上果然都是女性的裸体。我没看完，但桦田为了确认，看到了最后。

"有栖川先生，你能告诉火村老师我们搜出了这些东西吗？"

"好的。他差不多也该下课了。"

我在房间的角落里给他打电话，火村立即就接了。我向他报告了所有的情况，他一直听到最后，几乎没有提问。

他说："终于知道这是个什么案子了。"这句话里，他使用的语法时态是过去时。

"应该还不至于说案件已经解决了吧？"

"当然。路还很长。但这不是找到突破口了吗？如果塑料袋上的痕迹是死者的血迹的话，那通往真相的高速公路就在眼前了。"

"如果凶手是为了取回包才犯罪的话，那凶手就应该是被樱泽友一郎抓住把柄的长束多鹤或者是北澄萌衣其中的一人。"

我换了一只手去握电话，等待着火村的回答。

9

"我觉得长束多鹤和北澄萌衣都不是凶手。"

座位上的调查员们突然就喧嚷起来，议论纷纷。桦田警部让他们安静之后，对犯罪社会学家说："请您慢慢解释，请到这边来说吧。"

"好吧。"

坐在我旁边的火村站了起来往前走去，最后站在了会议室的白板前面，仿佛接下来他就要开始上课了一样。

嘈杂声像潮水一样退去，鸦雀无声的房间里只剩下了他的声音。

"首先，我按照先后顺序来说一下我认为她们都是清白的证据吧。为此，我们得先确认一下这次事件的整体情况。"

我坐在最后一排，紧张得身体都僵硬了。坐在这里只能看见调查员们的后脑勺，但是我能感觉到火村敏锐的目光。

"池塘的底部，正确地说，是池塘底部附近的坑洼处发现的包，毫无疑问是这个案子的中心。因为装这个包的塑料袋内部沾着死者的血。"

傍晚，鉴定结果出来了。

"凶手在杀掉樱泽友一郎之后，从池塘里找出包，然后又把它放回了原来的地方。凶手全身湿淋淋地取回了包，但是发现上面有锁，根本打不开。估计凶手当时恨得咬牙切齿。锁眼处留下的痕迹正体现了凶手当时的焦急之情。那附近掉落了类似钉子的东西，大概凶手就是用这个东西捣弄了半天也没打开锁，之后就放弃了——野上警官，怎么啦？"

估计是火村发现了坐在最前面右侧的野上想说点儿什么。被点名的警官站了起来大声地说："也就是说，凶手没有钥匙吧。那个时候死者的钥匙串已经被丢进池塘里了。"

"是的，如果凶手拿到包的时候死者的钥匙串还在身上的话，那凶手肯定会把所有看上去很符合的小钥匙拿过来试一下的。"

"你认为钥匙串为什么会掉进池塘里？"

"我认为是死者在临死前将其丢进池塘里的。这一点虽然还不能最终确认，但是如果不是这样的话，就很难解释钥匙是在离岸边三米的地方找到的这一事实。而凶手是不可能丢弃他需要的钥匙的。"

"我了解了。请继续。"

火村面朝正前面。

"凶手将友一郎砸死，在断气之前，死者还有时间将钥匙丢进池塘里。这对于凶手来说可真是不幸。因为辛苦拿到的包居然打不开，把这么重要的线索留给了我们——野上警官好像又有话说。是的，我知道。你想说的是这个吧：'既然锁打不开，又想要里面的东西的话，为什么不直接把包拿走？'"

有好几个人都在点头。野上说道："是的，我不明白他为什么要把包放回原处。要解释的话，有很多种合理的理由。"

"比如？"

在火村的催促下，野上回答说："第一，凶手拿到包之后立即就知道了包里的东西不是自己想要的；第二，因为太重拿不走；第三，有人来了；第四，不甘愿地放弃了。也许还有其他的解释吧。"

"还有一个。"

"是吗？是什么理由？能告诉我吗，第五个理由？"

"这个包对他来说没用了。"

屋子里又议论纷纷起来。

"这个和我说的第一个理由不是一样的吗？"

"你说的理由是这样的情形吧：凶手拿起包之后一掂量，'啊，这么轻啊？那么里面不会放着钞票，白忙一场，气死我了。'凶手推断出里面没有他想要的东西，于是就放弃了。你是这个意思吧？我所说的是另一种可能性。也就是凶手看着眼前的包，知道打不开它，于是凶手就这样想：'算了，这里面的东西反正已经没用了。'包里的东西是什么？对，是威胁的材料。被威胁的凶手拿到包之后，发现要处理的东西有很多，也没必要强行地把包拿走。威胁的人已经被自己杀了，已经不在了。"

"既然要处理的东西有很多，凶手也许是想拿走，然后扔到某个地方去呢？"

"就像野上警官刚才说的那样，那个包和手机不一样，是很重的，也没有把手，很难搬走。如果要把它扔到某个地方的话，还得花工夫找地点。要是扔的地方找得不合适，也许就会被警察发现，警察要是看了里面的东西，就会怀疑是凶手想把这个包带走才犯罪的，这等于自掘坟墓，所以放回去是最好的选择。这样想的话也没什么奇怪的。"

"但是，我们疏浚池塘后还是发现了这个包，看来带走它才是一个明智的选择。"

"就结果而言，确实是这样，但是，如果他把包丢到别的地方的话，说不定会更早被发现。还有可能会在处理这个包的时候被别人看见，或者是在找处理方法的期间就有可能遇到警察上门调查。一时很难想到如何处理这个包的最好的方法。"

野上暂时接受了这个解释。

"我明白了，那么老师，你要采用第五个理由吗？"

"这个理由比其他理由有更大的可能性。"

远藤举手发问，火村点名后，他站了起来——这情景简直就像是火村在给学生上课的课堂一样。

"但是，按照老师您的说法，长束多鹤和北澄萌衣不是变得越来越可疑了吗？虽然她们都保持沉默，但是她们都受到了樱泽

264

友一郎的威胁，不是吗？杀害友一郎之后，她们抢到了装有全部秘密的包，可是发现上面有锁打不开。就想：'算了，友一郎已经死了，就算公开里面的秘密也没什么。'于是把包放下之后就逃走了。这个情景和老师您所描绘的景象并不矛盾。她们没有不在现场的证明，而且都有作案的动机。"

话题转了一圈又回到了原点。

经过这两天的调查，警方认为有杀害友一郎动机的人物是樱泽亚纱子、鬼怒川正斗、长束多鹤、北澄萌衣四人。也有其他人被列入嫌疑人，但是由于都在首都圈等遥远的地方，而且有完美的不在场证明，于是就从名单里被剔除了。在这四人中，最让人怀疑的就是长束和北澄，因为已经证实了她们被友一郎抓住了把柄。但是火村却说她们是清白的，所以桦田警部才会让他在大家面前做一下解释。

"对了，还有手枪的事。"远藤的声音提高了，"被害人并没有收集仿真枪的兴趣。至少没有人证明他有这个兴趣。这么一来，很有可能是凶手自己带到现场来的。看来是凶手用仿真枪威胁被害人，让他说出藏包的地点。虽然是很大胆的行为，但是这个方法对于没有臂力的女性来说是可以使用的。"

对于凶手用仿真枪来威胁被害人这一看法，火村似乎也持同一意见。

"并没有当时情景的视频，目击这一切的只有菩提树。至于当时的具体情况，应该就像远藤警官说的那样，我也是这样想的。被害人先是很惊慌，但渐渐地就平静下来了，在池塘边上，他借着月光发现那只不过是一把仿真枪，他发怒了，于是就夺下凶手手中的仿真枪扔进了池塘里。这期间，凶手捡起身旁的石头砸向了被害人头部的侧面——事情大概就是这样的。"

"是的。使用仿真枪这种小型道具的话，凶手是女人的可能性还是有的。"

"在这里我们的看法有了分歧。如果是男人做了同样的事，也没什么奇怪的。能想到使用仿真枪以及做好相应准备，说明凶手可能就是男人。"

桦田警部旁边坐着芦屋警署的署长，他用为难的口吻说："话题好像陷入僵局了，暂时先别提问了，先听听老师是如何推理的吧。"

于是，调查会议就变成了火村一个人演讲的讲坛。

"池塘旁边究竟发生了什么，现在案子的全貌已经慢慢浮现出来了，但凶手的脸上依旧蒙着黑色的面纱。很多人会认为面纱后面的人是长束多鹤或者是北澄萌衣。但是，这两个人都不可能是凶手。"

白板的右边没有写任何内容，火村拿过记号笔，首先写上"犯罪时间推定 =7 点半至 8 点半"，之后开始证明两个嫌疑人长束和北澄为什么有不在现场的证明。

"她们当晚的行动，确实有值得信任的人为她们做了不在现场的证明。长束多鹤 8 点 15 分时出现在芦屋市内的餐厅，在那里吃了晚餐；而北澄萌衣 7 点 45 分去了元町的餐厅，8 点 40 分去了夙川附近的咖啡店——原来如此，如果只看这些，确实会认为她们有犯罪的可能性。"

火村放下笔。

"看来这里让大家比较纠结呀，那我再来分析一遍，我们先假定凶手犯案用时极短——凶手见到被害人之后，立刻就用仿真枪威胁他，让他带自己去拿想要的东西。之后，在菩提树的旁边，被害人说：'我把东西扔进这一带的池塘里了。'凶手听到他这么说以后就杀死了他。凶手可能会动摇，认为也许不应该杀害掉友一郎，但既然都来了能空手而归吗？于是，凶手就开始在池塘里找，直到找到那个包，但是因为包上有锁，自己又没有钥匙，所以就逃跑了。你们觉得这需要多长时间，可能得花二三十分钟。"

他指了指白板，说道："长束多鹤没有不在场证明的时间大约有四十五分钟。把从犯罪现场赶到餐馆的时间减去，大约剩下三十分钟。而北澄萌衣的话，她没有不在场证明的时间大约有五十五分钟。减去从元町的餐馆到犯罪现场的时间和从犯罪现场到咖啡厅的时间，大约剩下二十分钟。这点儿时间虽然勉强可以用来实施犯罪，但这也只不过是把友一郎杀掉到去拿包所用的时间。"

"时间不够并不能洗掉她们的嫌疑。"无法继续保持沉默的远藤没有举手就发言了，"火村老师坚称长束和北澄是清白的依据大致就是这样吧？知道自己想要的东西就在池塘底部以后，凶手就脱掉衣服进入池塘里寻找。虽然友一郎的邻居离得很远，但是在月光下脱光衣服去池塘里找东西这种行为对于女性来说是非常残酷的。所以老师认为她们不可能是凶手。但是，我认为，就算是全裸的，池塘里的水很浑浊，咬咬牙的话，女性也是做得出来的。不管是杀害友一郎的机会还是拿包的机会，只要有，那么这两个人成为凶手的条件就会成立，不对吗？"

火村很果断地回答："不成立。因为没有时间去吹干湿漉漉的长发以及重新化妆。"

最近女性刑警虽然增加了不少，但出席这个会议的都是男性。火村指出问题所在以后，他们都是一副恍然大悟的表情。

"包是藏在池塘底部的，把它捞出来的是凶手，不是凶手让被害人捞起来的，因为被害人的身体并没有湿。那个池塘离岸边最近的地方水深也有一米。要想把藏在池塘底下的包捞出来，就得让水淹没头顶。你们可以试着想象一下，这对于长头发的女人来说有多麻烦。"

野上"嘭"地敲了敲桌子。

"这么说，被害人的姐姐亚纱子也是清白的吗？因为就算她以最快的速度在8点半到达犯罪现场，在犯罪之后，她也没有时间赶在消防和警察到来前重新化好妆了。"

"是的，确实没有——凶手是男人，与本案有关的人只有这一个，而且是个头发非常短的男人。杀害樱泽友一郎的就是鬼怒川正斗。"

听到这个结论，桦田说道："有人证明曾看到过鬼怒川和被害人的关系不和。可是，他有抢夺那个包的动机吗？"

"可能是他有什么把柄在友一郎的手中，误以为有什么证据在那个包里。或者是被害人自己错把证据装进了包里。我想以后

268

一定会调查清楚的。"

桦田警部嘟囔过后，又问了一个问题。

"凶手为什么要将死者的衣服扔进池塘里？这一点还是无法理解。"

"对于这一点，有一个极其简单的解释。无论是光头还是没化妆的人全裸着潜入混浊的池塘再回到岸上后，都会想擦擦湿漉漉的身体。就算强忍着不舒服的感觉，也不可能湿着身体穿衣裤，要是湿漉漉的样子被人看到就糟糕了。凶手想立即去菩提树庄园里取浴巾，但是钥匙又沉入池塘底下去了。于是凶手才会脱下死者的衣服来当浴巾用，他小心翼翼地擦着，尽量不让自己的体毛沾到衣服上面，用完之后就扔进池塘里，以为这样就能消除自己曾用它当过浴巾的痕迹。"

"我还以为是什么了不得的理由，只是为了这个目的就把受害人脱得只剩下一条内裤。只是为了擦拭身体……看来，是我想得太复杂了。"

警部一脸懊丧的表情，大概是接受了火村的说法了吧。一直紧张地关注着形势发展的我终于松了一口气。

"还有问题吗？"

有好几个人举起了手。

"我真想让我的学生们学习一下你们这种研究精神。"

不知是接受了火村的推理，还是正在拼命想办法挑他的毛病，坐在最前面的野上一直抱着胳膊。不过很遗憾，我看不到他的表情。

10

　　从死者的衬衫上发现了鬼怒川细微的体毛，从鬼怒川的内裤里检测到了残存的池水成分……调查员们的执着有了回报，他们找出来的证据直指凶手，把案件引向解决之路。那个晚上，在生长着菩提树的池塘旁边发生的事情正如火村所说的那样。

　　"我并不知道他把北澄萌衣小姐带到菩提树庄园的事。我想他好像也很累了，今晚应该就只有他一个人在那里休息吧。所以我觉得这是一个和他谈判的极好机会，于是就去找他，但是没想到事情会变成那样……我到达菩提树庄园的时候已经过了7点半，因为他不想被电话打扰，所以就把手机关机了。仿真枪是高中的时候从一个朋友那里要来的。那个朋友从他叔叔那里得到了那把仿真枪，后来又觉得带把枪在身上不太好，打算扔掉。可是我觉得挺好玩的，就让他给我了。我没想到亚纱子会突然来电话，还好与最危险的时刻擦肩而过了。"

至于动机，他是这样说的："每当工作安排出现错误的时候，他就用恶毒的言辞来训斥我，我非常气愤。我厌恶他出生在一个可以遗传年轻外表的家庭里，厌恶他那巧舌如簧的说话技巧，厌恶他利用这些向观众推荐什么抗衰老技巧。他对女性的态度也令我非常反感。我父亲常对我母亲家暴，遭到家暴之后，母亲常常会哭，我就是在这种环境下长大的，所以对这种事会出现本能的抗拒。"

他对友一郎的杀意是随着时间的推移渐渐形成的。

"我已经受够了给他做秘书。要是我早一点儿辞职就好了。但是，可能是错过了最好的时期，我渐渐地形成了一种心理，我不想就这么辞职，我想在最后干一件惊天动地的大事。他手里握着和他交往的女人的把柄，一旦发生什么情况，他就会使用这些把柄，他将其称为'诀窍'。他很蠢，明明是不能说的秘密，却宣扬出来。长束小姐曾向他抱怨过，在他上电视的时候也许会有小偷把那些信和照片偷走的。东西放在装有防盗系统的家里会更好，可是就算装有防盗系统，小偷也还是能进去，所以他才会购买一个防水包，给包上锁之后就将其沉入池塘里。这样一来，即使有人想把东西拿出来，也要花费一定的工夫。那虽然是他用来威胁别人的道具，但似乎并没有使用过。"

如果想干一件惊天动地的大事，用不着非盯着那个包不放吧？

"我说过的吧，他拿手机向我炫耀他女朋友的照片。北澄萌衣小姐的照片我也看了。虽然我和她没有见过，但是我喜欢上她了。当然，我知道这不是真正的爱情。我只是愤怒，他竟然折磨那么可爱的女孩子，看来得给他一点儿惩罚。仅仅如此……我也很惊讶为什么自己会如此愤怒。"

他的动机就是如此。当知道自己打不开包的时候，他觉得自己没有必要带走这么麻烦的东西。

"不管怎么样，都会被警方找到。我不想让警方看到那些东西，不想让北澄小姐难堪。电话被我带走处理掉了……但是那个很重的包我应该怎么处理呢？不，我对这件事并不后悔。如果是火村老师的话也应该会这样做吧。原来你们的结论是带走比较好哇……原来是这样啊！"

他的脸上浮现出一丝微笑，又快速消失了。

"杀了他之后，我去飞镖吧，并不是为了制造不在场证明。事情变成那样，我也没有办法。是自己亲手做的，不在现场的证明不可能存在，这一点我很清楚。那我为什么要去呢？是因为我害怕自己一个人。为了不让自己胡思乱想，所以只能逃往有人的温暖的地方。"

他曾对野上和火村拼命地证明自己是无罪的，企图误导案件的调查。即使他现在说自己犯罪后害怕一个人也没什么用。

"在给那个人做秘书期间，我沾染上了一些不好的习惯，沉醉于信口开河，享受自己每天撒谎、表演。快乐中也混杂着一丝恐惧。我不会再让你们费心了，我全都说。"

案子解决了。

梅雨季节过去后，夏天来了。阳光直射在空无一物的池底。

微风拂过，旁边的菩提树随风摇曳。

在落日的余晖中，菩提树的倒影在波光粼粼的水面上摇曳的日子何时会到来？

我的心里也有一棵不为人知的菩提树。

这棵菩提树的树干上曾经刻着一位少女的名字，现在名字已经模糊不清了，就算是模糊不清也永远不会消失的。

我觉得在火村英生的心中也有一棵树。就当它是一棵菩提树吧。

树梢已经没有风在吹动了吧。

在年轻的日子里，手里拿着一把锋利的刻刀的他，在树干上刻上了谁的名字呢？

虽然很想问一问他，但是就算一直不知道也没关系。

我的拙作《菩提树庄园杀人事件》也永远不会发表。

后　记

本书里的四个故事都有一个共同的中心思想——年轻。这并不是当初一开始就有意构思。我是在写完主题为"少年犯罪"的《阿波罗之刃》，接着写《侦探的青春时代》，也就是写火村英生的大学时代时才想到的。

这算不上是一个主题。不过将"年轻"的色彩加入小说里，我感觉也使作品集多少增添了一些颜色。将其定为中心思想的同时，也有被无限放大的问题。

如果有读者一直在读这个系列的话，我想他一定知道，"火村&有栖川"这一组合在某个节点已经不再成长，而是一直都以三十四岁的面貌出现。就像所谓的蝶螺一样存在，在这个系列里这并不是什么稀奇的事。时代发生了变化，但他们依旧超越性地活在"现代"。

而且，正因为故事是虚构的，所以反而变得更有趣。不过，正因为选择了虚构这种方式，所以很多时候也缺乏真实性。随着年龄的增长，我们会获得什么，会有什么变化，这对人类来说是很重要的。可是，蝶螺化的角色却用不着直面这个问题。

他们的年龄都是一样的。也不是不能描写角色的成长和变化。

但是，出生日期不明的他们所生活的时代是无法描写的，因为他们的时代背景是空白的，所以要描写他们的成长历程是很困难的。因为无法忍受这种不自然，所以很多作者才会拒绝这种蝶螺化吧。

除了这个系列，我在写的还有两个系列，而这两个系列里的主人公是在成长的。因为如果年龄保持不变，那很多东西就无法写下去了。

我也无法保证"火村＆有栖川"的这个系列会一直保持现状，但是现在我暂时还没有要改变他们年龄的想法。曾有从一开始就一直读这个系列的读者告诉我，说他的年龄一年年地朝他们靠近，最后终于超过了他们。

只要为能平安地超过他们的年龄而高兴的话，那就是最好的。

如今，大家庭已然成为过去式。名人（尤其是艺人）的一个社会效用就是在大家的面前自然地衰老。不仅仅是成了时代的颜面、代表那一代人的巨星，观察、看到电视等媒体上活跃的人们的成长、成熟或是衰老，我们能通过这些来真实地感觉到时间在流逝，并且能以此来推算自己人生的长度。如果没有这个效用的话，那对艺人的关心会变得很淡。

同时，也有人想看不老的容颜，这也许就是蝶螺化的角色出现的原因。自己创造出来的火村和有栖川渐渐地远离了自己的年龄，我自己觉得这样也挺好的。

因为没有篇幅来对每一部作品都进行简介，所以我接下来对标题进行一点儿解说。

作品中有栖川的经历完全是虚构的，我在十六岁的时候曾写过一部名为《菩提树庄园杀人事件》的小说，是发生在海边别墅里的杀人事件。在海边并没有留下《凶手的足迹》这样一本短篇推理小说，内容和《菩提树庄园杀人事件》也完全不同。那本书是为了侦探小说杂志《幻影城》的第一届新人奖的征稿而写的。有栖川的那桩以悲剧而告终的恋爱，在别的作品中我也谈到过两次。在这部以"年轻"为中心思想的作品里，我重新插入了他们青春时代的倒叙。是否是他刚诞生时我写的第一部小说，这我一直都不知道（或者是因为我觉得没有必要，所以根本就没有想）。在想该以什么为题目的时候，脑海里就闪现出"菩提树庄园杀人事件"这一标题，突然就觉得一定是这个。但是在此前的那部作品中，有栖川完全是另一个性格，所以我才将标题给改了。

正因为如此，我对我的作品里主人公的事大部分都不了解，但偶尔会出现恍然大悟的情况（并不是我思考出来的）。关于火村英生不为人知的过去，我现在仍旧不知道。或许某一天会突然出现在我的脑海里。

最后，我要感谢各位读者朋友，谢谢你们。

文库版后记

我重新读了在单行本的后记里写的火村和有栖川等人因为蝶螺化导致年龄不再增长的内容，字里行间都充满了辩解的意味，我只好苦笑。这样的事在系列里已经司空见惯了，在小说里出现的那些有名有姓的警部和警官也不会退休，一直都会活跃在一线。

在写《侦探的青春时代》时，我一直在想：这是什么年代的大学生呢？一直模模糊糊地写，但因为里面出现了很多车的种类，所以自然而然地圈定了时代。这也是没办法的事吧。

所以，读自己的后记感觉都是在辩解。

还有，重要的事并没有写到。因为出现了蝶螺的名字，所以也会有读者误会，以为是新人物。

我之所以不让主人公的年龄增长，是因为我想让他们都活在现代，并不是想让他们生活在时间静止的空想空间里。所以，我一直在努力把现实生活中的东西（案件和世间万象）放进我的作品中。其中也有作者将蝶螺当成老朋友的原因，也有可能是作者想要保护原作的作品世界观，比如动画里的矾野家现在仍旧没有加入笔记本电脑和智能手机，这里有巨大的差别。

本格推理的核心——解谜，只要写得好，那其中的有趣之处就不会显得很陈旧，读夏洛克·福尔摩斯的故事的小学生，没有人会因为小说里没有电话就看不下去。明天，在某处，依旧会有少年少女或是首次读推理小说的成人读者，在面对夏洛克·福尔摩斯的推理时会佩服不已吧。然后，他们会随着小说一起走进作品的时代背景——维多利亚时期的英国。

将福尔摩斯和自己的作品放在一起来谈，是我不自量力，但是解谜的有趣之处永远也不会过时，我的心愿就是写出的推理小说的背景能够随着时间的流逝慢慢地变换成深褐色。

这次收入书里的四篇中出现了大学时代的火村《侦探的青春时代》，这是唯一描写过去的一篇，所以不是同时代的，而是普通的年轻时代。我自己重新读的时候，不得不苦笑："火村，这是不行的呀，太年轻了。"

最后，还是要感谢各位读者朋友，谢谢你们。

图字：01-2017-3354

图书在版编目（CIP）数据

菩提树庄园事件簿／（日）有栖川有栖著；李翔华
译.—北京：现代出版社，2022.5
ISBN 978-7-5143-9307-1

Ⅰ.①菩…　Ⅱ.①有…②李…　Ⅲ.①推理小说—小
说集—日本—现代　Ⅳ.①I313.45

中国版本图书馆CIP数据核字（2021）第263117号

BODAIJU-SO NO SATSUJIN by ARISUGAWA Alice
Copyright © 2013 ARISUGAWA Alice
All rights reserved.
Original Japanese edition published by Bungeishunju Ltd., in 2013.
Chinese (in simplified character only) translation rights in PRC reserved by Modern
Press Co., Ltd., under the license granted by ARISUGAWA Alice, Japan arranged with
Bungeishunju Ltd., Japan through CREEK & RIVER Co., Ltd., Japan and CREEK &
RIVER SHANGHAI Co. Ltd., PRC.

菩提树庄园事件簿

作　　者	［日］有栖川有栖	
译　　者	李翔华	
责任编辑	毕椿岚	
出版发行	现代出版社	
通信地址	北京市安定门外安华里504号	
邮政编码	100011	
电　　话	010-64267325　64245264（传真）	
网　　址	www.1980xd.com	
印　　刷	三河市宏盛印务有限公司	
开　　本	880mm×1230mm　1/32	
印　　张	9	
字　　数	185千字	
版　　次	2022年5月第1版　2022年5月第1次印刷	
书　　号	ISBN 978-7-5143-9307-1	
定　　价	48.00元	

寻找唯一的真相